炎の姫と戦国の魔女

中村ふみ

white
heart

講談社X文庫

目次

イラストレーション／アオジマイコ

炎の姫と戦国の魔女

序　道連れ

——なんとしたことか。まったく容赦のないことだ。

尼寺を焼き尽くす炎を見上げ、津田小三郎《つだこさぶろう》はやりきれない思いで首を振った。

紀州征伐《きしゅうせいばつ》と称し、羽柴秀吉《はしばひでよし》の十万の軍勢がこの地に攻め込んできたのは、春たけなわの頃だった。鉄砲軍団として戦国の世を左右してきた根来衆《ねごろしゅう》と雑賀衆《さいかしゅう》だったが、この大軍の前にあってはなすすべもない。よく戦ったが、根来寺は炎に包まれた。たまたまその近くにあった尼寺もまた無事では済まなかったのだ。

尼らしき亡骸《なきがら》が何体か転がっていた。らしき、としか言いようがない。焼死体は男女の区別もつかないからだ。

関係のない女人の寺にまで累が及んだことは、小三郎を苦しめた。いざ戦となれば見境などなくなるものらしい。

いずれにせよ、根来は敗れた。今の鉄砲では数には勝てないのだ。次の弾丸を放つまで手間と時間がかかり、天候によっては使い物にならず、さらには火種の問題もあり、夜の奇襲にも用いにくいときている。もっと使い勝手を向上させる必要があるのだ。

――この期《ご》に及んで何を考えているのやら……我ながら始末に負えない。これほどの地獄絵図を見ても、まだ鉄砲のことしか頭にないのか。

おそらく残党は、雑賀衆のもとか土佐《とさ》へ向かうだろう。自分が行っても、また戦に駆り出されるだけだ。根来との縁を切り、津田の名を捨て、いっそ鉄砲鍛冶《かじ》としての過去すら捨て、ひっそりと生きていこうか。敗残兵狩りが始まる前に、この地を離れなければ。

額から流れる血を袖《そで》で拭《ぬぐ》い、小三郎は歩きだした。脚が重い。

そのとき、尼寺の門に二つの人影が見えた。子どもだろう、小さな影だ。大きいほうの子が小さい子を引きずるようにこちらへ向かっている。

この炎と煙の中をよくぞ……そう思ったとき、子どもたちの姿に気づいた。異人だ。かつて堺《さかい》などで何度か見たことはあるが、子どもの異人は初めてだった。

「そこの侍、助けぬか！」

責めるような幼い声に、小三郎は我に返った。

「待っておれ」

急いで駆け寄り、二人を両脇《りょうわき》に抱えた。本堂が崩れ落ちる音が地面を揺るがす。

炎と煙に追われ、小三郎は辛くも子どもを助けだした。

「あの中には母上がっ」

大きい子どもが叫んだ。腕を振り払ってでも炎の中に戻ろうとするが、小三郎はそれを許さなかった。行けば死ぬ。

「この子どもが先だ」

煙の届かないところまで運び、地面に寝かせる。一人は五つくらいか、くるくると巻いた黒髪と褐色の肌をした少女だった。よく見れば髪や額に血がついている。ぐったりとして動かない。小三郎に助けろと命じたほうの子は十になるかならずか、炎の色が移ったかのような赤い髪と気丈な目をしていた。

「登世《とせ》、しっかりしろ」

赤髪の子が咳《せ》きこみながら叫ぶ。返事はない。

抱きかかえたとき、すでに死んでいるのではないかと思ったが、やはりそうであった。

「……もう息はない」

懐《ふところ》から手ぬぐいを取りだし、血と煤《すす》で汚れた幼子の顔を拭《ふ》いてやる。

「火傷《やけど》はたいしたことはない。頭に何かぶつかったようだな」

「誰かが火を放ったから、登世は死んだのだ」

小三郎には答えられなかった。戦だから、で済むことではない。少なくともこの子どもは、それでは納得してくれないだろう。

「住持様は尼寺まで狙《ねら》われることはないとおっしゃった。母上もこの寺は大丈夫だと」

立ち上がり、燃え盛る寺に戻ろうとする子どもを、小三郎は慌てて止めた。

「死ぬ気か」

「はなせ、母上を助けねば」

小三郎の手を振り切り、赤髪の子は寺へと走った。が、炎はすでに門や塀にまで及び、尼寺は完全に焼け落ちようとしていた。

まぁま、と子どもが絶叫した。小三郎がすんでのところで引き留める。

哀れに思ったが、この凄惨《せいさん》極まる炎の中で、生きている人間などいるわけがない。

寺がすっかり焼け落ちると、赤髪の子は諦《あきら》めがついたのか、死んだ幼女のところへ戻ってきた。憔悴《しょうすい》しているようだが、涙一つ見せない。

「小さき者を守れと母上は言った……でも守れなかった。何も守れなかった」

亡骸《なきがら》のゆるく縮れた髪を撫《な》でる。その口調にはやりきれない悔しさが滲《にじ》んでいた。

この戦で小三郎も妻子を失った。殺し合いはもうたくさんだ。屍《しかばね》は見飽きた。

「……わしはそろそろ行かねばならん。おまえも急いでここを離れろ」

勝敗は決した。秀吉の軍はすでに移動を始めている。つまり追い討ちに本腰を入れてくる頃だということだ。毛色の違う綺麗《きれい》な子どもにしても、ここにいては危険だろう。

「墓を作る。登世をこのままにはできない」

「だがな——」

「登世が好奇の目で見られるのはいやだ」

有無を言わせぬ強さがあった。子どもは懐から小さな巾着袋《きんちゃく》を引っ張りだした。中から南蛮のものらしき指輪が現れる。

「紫水晶か」

どれほどの価値のものかは見当もつかなかったが、陽光を浴びて煌《きら》めいていた。

「これをやる。あの桜の下に墓をたてたい。手伝え」

ぐいと指輪を差しだしてきた。小三郎は苦笑した。対価を払おうというのか。

子どもが指さした先に、桜の咲く小高い丘があった。今が見頃と咲く花が青空を背景に揺れている。

「……けっこう。指輪だけ奪い、立ち去るという選択肢もあるぞ」

髭面《ひげづら》をぼりぼりとかくと、子どもはくっと唇を噛《か》みしめた。

「要するに、簡単にそういうものを見せるなということだ。……急ぐぞ。わしは根来の落ち武者だ。ぼやぼやしていると狩られてしまうからな」

小三郎は小さな骸《むくろ》を両手で抱いた。子どもが急いで追いかけてくる。

「羽柴秀吉のせいなのか。寺が焼けたのも、母上たちが死んだのも……みんな」

「簡単に言えばそういうことだな」

戦を一人の責任にはできない。利権や政治的思惑が絡まない戦はない。信長《のぶなが》死後の混乱や徳川《とくがわ》の分断工作も背景にはあった。わかってはいるが、小三郎も秀吉への恨みは深い。

「なぜだ……」

この世のすべてが理解できない、というように子どもはつぶやく。

丘の上まで来た。土の軟らかそうなところを見極め、小三郎は亡骸を置いた。

桜の下は根が張って、穴を掘るのが難しい。だが鍬《くわ》も鋤《すき》もない。頼れるのはこの両手だけだ。小三郎に向かい合って、子どもも手で土をかいた。

「母上と登世と三人で、一度だけここへ来て花を見上げた。登世はすごく喜んでいた」

人目につかぬよう気を遣いながら、滅多にできない外出をしたのだろう。

「ならば、ここはこの子と母御の墓だ」

「……うん」

苦労して、幼子を埋葬するのに充分な穴ができた。登世が土に隠れるのを、赤髪の子は黙って見下ろしている。

「桜は折るものではないが、許してもらおうか」

土を盛り、石を置く。それから小さな枝を手折《たお》り、墓前にさした。

経をあげようとして、小三郎は赤髪の子に問う。

「もしかしたら、おぬしたちは切支丹《キリシタン》であったか？　だが伴天連《バテレン》の経は知らぬからな」

「我らは生まれたときから、あの寺にいた。母上も……」

言いかけて、一旦《いったん》、口籠《くちご》もる。

「……母上は、祈る心があれば、神の名は問題ではないと言っていた」

「そうか……」

南蛮人は過酷な船旅をしてやってくる。女はほぼ見かけない。もしこの子の母親が異人だったとすれば、相当な事情があったのだろう。小三郎はその言葉の重みを噛みしめた。

「世話になった。礼を言う。これを」

子どもが改めて差しだした指輪を一度手に取り、眺め、返してやる。

「母御のものであろう。とっておけ。いずれ思い出して泣きたくなることもある」

一瞬、子どもが泣きそうに顔をゆがめた。

「父はおるか」

子どもは答えなかった。黙って俯《うつむ》く。

「行くあてはあるのか」

ない、と首を振った。

「けっこう」

小三郎は笑った。これは彼の口癖だ。かぶっていた編《あ》み笠《がさ》を、子どもの頭にのせる。

「その髪では目立ちすぎる。隠しておけ」

子どもは不思議なものでも見るように、小三郎を見上げた。

「わしは津田小三郎。おまえの名は？」

「千寿《せんじゅ》……丸《まる》」

「よき名だ。では参るとするか」

「……ついていってもいいのか」

千寿丸は遠慮がちに問い返す。小三郎はまた笑った。

「わしも何も守れなかった。妻も息子も死なせてしまった。だから今はおまえを守ろう」

並んで歩き、やがて合戦の音が遠ざかった頃、千寿丸は立ち止まって振り返った。

「秀吉が憎いか」

「憎い……だけど」

一旦考え、千寿丸は迷いを振り切るように首を振る。

「いいや、やっぱり憎い。いつか、母上と登世の恨みを晴らしたい」

小三郎は驚いた。天下の覇者、羽柴秀吉に復讐《ふくしゅう》するというのか。しかし、その気持ちがこの子の生きる力となるなら、それも悪くない。

「なら、強くならねばな。わしが鍛えてやろう」

「よろしく頼む」

妙な子どもだ。そう思いながら、小三郎は北へ向かった。

天正《てんしょう》十三（一五八五）年春のことであった。

第一章　つけたし花嫁

1

輿入《こしい》れ――することになったらしい。

晴姫《はるひめ》は突然降って湧《わ》いた話にも落ち着いていた。

実感を伴わないせいだろう。案外、他人事《ひとごと》のように聞いている。

そのせいか、つい庭先を彩る花に目がいってしまう。晴れた空に山吹が鮮やかに映《は》える。この花も今年が見納めになるのだな、と晴姫はぼんやり思った。

北国のこの地も、今が一番いい季節だ。空の青も、木々の緑も眩《まぶ》しいほどだった。遠く鳥海山《ちょうかいさん》が見える。出羽《でわ》の地にも富士《ふじ》あり、と讃《たた》えられる美しい山だ。

両親は娘の反応の鈍さが気になるのか、顔を覗《のぞ》きこんでくる。

「わたくしは、晴姫には少し早いように思うのですが……」

「何を申すか。晴はもう十五だ」

厳《いか》めしい顔つきに濃い髭《ひげ》を蓄えた、身の丈六尺をゆうに超える父。小柄な母。この縁談に関して、父母の間には考え方に相異があるようだ。

三人の姉も十五、六で嫁いだ。年頃を思えば、そろそろだろうと晴姫も覚悟していた。

拒めるものでもなし、それが側室でも同じこと。そのあたりは晴姫も達観していた。

でも、どうなのだろう。すでに三十人以上の側室を持つ男が相手というのは。

(そんなにたくさん必要なものかしら。もしわたしが天下人になったら、やっぱりたくさんの側室をほしくなるのかな)

むさ苦しい男たちに囲まれる自分を想像し、顔を覆いたくなった。

貧乏領主の娘としてつましく生きてきた晴姫には、この世はわからないことだらけだ。

だが、考えようによっては気楽なのかもしれない。それだけ妻が大勢いれば、夫の要求も少なそうだ。

「関白の側室にと望まれたのだ。果報者よ」

父、熊谷成匡《くまがいなりまさ》は顔を上気させていた。いかつい髭面に迷いはない。この件はすでに決定したことで、娘にその事実を伝えているだけなのだ。

父が喜ぶ気持ちは晴姫とてわからないでもない。熊谷氏は雪深い山間《やまあい》にわずかな領地を与えられただけの田舎武将である。山々の間を縫うように田畑が広がるこの地で、複数の豪族がしのぎを削ってきた。そこへ娘が関白豊臣秀次《とよとみひでつぐ》の側室として上がることになったのだ。やっと運気が向いてきたと、高揚するのも無理はなかった。

「でも、なにやら不安で……」

母であるお広《ひろ》の方《かた》は、先ほどからずっと浮かぬ顔だ。

「末娘だからな、嫁にやりたくないのだろう」

晴姫には四人の兄と三人の姉がいた。八人の子はすべて正室お広の方が産んでいる。成匡には側室がいないのだ。

「いえ、そういうことではなく……なんでも関白様は太閤《たいこう》様と不仲とか」

「滅多なことを申すな」

妻の懸念に成匡は眉根を寄せた。太閤秀吉《ひでよし》が甥《おい》の秀次を後継者とし、関白に任じて四年目。このような田舎にまで二人の天下人の不仲の噂《うわさ》は届いていた。

「ですが、何が起ころうと女子《おなご》には抗《あらが》う術《すべ》がありません。関白様は果たして妻を守りきれるよき夫なのでしょうか」

お広の方の姉は嫁いでわずか四年で亡くなっている。落城の憂き目に遭い、赤子とともに自害したのだ。そのためか、娘の輿入れ先はどんなに吟味してもし足りないくらいだというのが、彼女の口癖だった。

「よき夫とはつまり勝ち残る男だ。関白だぞ、これ以上の良縁があるか」

「この世は一寸先は闇《やみ》にございます。関白様とて……」

「そんなことを言ってはきりがない。いつからそんなにあれこれ心配する女になったのだ。断れる話ではないのだ、わかっておろう」

天下人の勘気に触れれば、改易や取り潰《つぶ》しの口実になる。かつてあれほど信任を得ていた千利休《せんのりきゅう》が切腹させられたのも、己《おの》が娘を太閤の側室にするのを拒んだためだと囁《ささや》かれている。無論真偽は定かではないが。

「……さようでございますね。余計なことを申しました」

お広の方は頭を下げた。縁組みとは忠義の証《あかし》。武家の娘は人質となって、家と家とをつなぐ役目を担う。拒めば不忠者として粛清されかねない。そういうものだ。

「とはいえ、晴のような呑気者《のんきもの》に、京での窮屈な暮らしができるでしょうか」

成匡もこれには、ううむと唸《うな》った。その点に関しては不安があるようだ。

「……ま、なにごとも慣れじゃ」

両親の心配をよそに、晴姫は山吹と青空の色合いの妙に心奪われたままだった。小さな雀《すずめ》が庭先を横切って、空へ消えていく。

(雀だって旅立つんだよね)

ならば、自分にもできないことはない。

ただ……晴姫には思い出から消せない少年がいる。どうせ何十番目かの側室だ。心に別の男への淡い想《おも》いが残っていようとも、不実の誹《そし》りを受けることはあるまい。

「父上が決めたことなれば、是非もございません。わたくし、関白様のもとへ参ります」

晴れ晴れとした表情で、晴姫は言った。


大名たちが覇権を争ってきたように、地方には地方の争いがあった。

小領主なればこそ、時代の風向きを敏感に感じ取り、付くべき相手、捨てるべき相手を的確に見定めなければ、木っ端のごとく消え去るしかないのだ。

北に秋田《あきた》氏、東に南部《なんぶ》氏と伊達《だて》氏、南に最上《もがみ》氏という圧倒的軍事力を誇る一族に囲まれ、存亡を賭《か》けた争いは熾烈《しれつ》を極めるばかり。消耗戦のような数多《あまた》の合戦を経て、ここ数十年。先代より最上氏と親交を深めた熊谷氏は郡内における旗頭的存在になりつつあった。しかしそれとて乱世にあってはなんの保証にもならない。

文禄《ぶんろく》四（一五九五）年、北の地に夏が訪れかけた頃。

出羽の荒熊《あらくま》、熊谷八郎《はちろう》成匡のもとに関白豊臣秀次より、四女晴姫を側室として迎えたいという申し出があった。

晴姫は今年十五。ちょうど嫁入り先を考えていた時期である。戦では鬼神のごとき活躍を見せる成匡だが、我が子、特に娘たちには甘い父親であった。女は嫁ぎ先で一生が決まる。間違いのない相手を選ばなければ、なすすべもなく花の命を散らしてしまうのだ。

かつて成匡の長女に陸奥《むつ》の九戸《くのへ》氏との縁組みが持ち込まれたことがある。九戸氏といえば南部氏に連なる名門だ。縁談は向こうの事情で立ち消えたが、後に九戸氏は豊臣に滅ぼされ、一族郎党女子どもに至るまで処刑されてしまった。奥羽仕置《おううしおき》といわれたその戦には、成匡も長男と共に出陣している。もちろん、豊臣側の武将としてだ。我が子の命乞《いのちご》いをする若い母親の叫び、赤子の泣き声……今でも成匡の耳に残っている。侍同士が斬り合って死ぬことだけが戦ではない。

晴姫をあのような目に遭わせるわけにはいかなかった。

戦国の世は終わってなどいない。父や夫の安泰なくして、女子どもに福はない。

相手は関白。側室とはいえ、なんの不足があろうか。

これほどの縁談はない——成匡がそう思ったのも当然といえた。これを足がかりに石高が増えれば、という期待もある。一族を守ることこそが、棟梁《とうりょう》の務めだ。

それは太閤とて同じこと。秀吉に拾丸《ひろいまる》が生まれ、無事に育ってもう二歳。我が子にすべてを譲りたいと思うのが親の情だ。秀吉と秀次、この叔父と甥の間に隙間風《すきまかぜ》が吹いているという噂はある。だが太閤ともあろう者が、我が子可愛《かわい》さに甥の関白を追い落とすことなどよもやあるまい。まして拾丸の前に生まれた鶴松《つるまつ》は夭折《ようせつ》しているのだ。

徳川《とくがわ》という脅威を抱え、拾丸がこのまま成人できる保証もないのに、六十になる豊太閤《ほうたいこう》が秀次を切り捨てるなどありえない。

信長《のぶなが》に代わり天下を掌握してからというもの、その横暴ぶりが目につくようになってはいたが、足軽の出である秀吉はたいそう身内思いであるとも聞く。このとき成匡は、秀次の行く末を微塵《みじん》も案じていなかった。

末子の晴姫が京でうまくやっていけるだろうか、心配はそれだけだった。

歳《とし》よりも幼く見える娘だ。目を離せば、勝手に野山を駆け回り、川で水遊びに興じ、馬にまたがり……何度母や侍女たちの肝をつぶしてきたかしれない。きつく叱《しか》ろうにも、『八塩《やしお》のお山で綺麗《きれい》な花を見つけました。父上の寝所を花だらけにしちゃいます』

邪気のない笑顔でこう言われてしまっては、どうにもできない。目に入れても痛くないとはよく言ったもので、本当に……本当に愛らしい子であった。できることなら嫁になど出さず、いつまでも傍《そば》に置いておきたかった。――だが、そうもいかない。

輿入れの準備は大急ぎで進められた。

娘に恥をかかすまいと、成匡はたくさんの着物や調度品を用意した。自らは側室を持たぬ身であったから、そのへんの確執はよくわからないが、関白ともなれば側室は多く、中には格差というものも出てくるだろう。娘に肩身の狭い思いをさせたくなかった。

この機会に自身も上洛《じょうらく》し関白への謁見を果たすのだと、成匡は同行を決めた。もちろん、娘の輿入れを最後まで見届けたいという気持ちもある。

この時代に生きるのは、すなわち日々薄氷を踏むがごときもの。呑気者の晴姫には特に厚い氷の上を歩いてほしかった。

さて、父の願いを知ってか知らずか、娘のほうは花嫁修業に悪戦苦闘していた。なにしろ輿入れまでの時間がない。特に都風の行儀作法などにはお広の方も立ち会い、厳しい指導がなされた。田舎者の誹りを受けないよう、母も必死なのだ。

京とはよほど面倒くさいところらしい、と晴姫は嘆息した。関白の邸宅である聚楽第《じゅらくだい》は瓦《かわら》に金箔《きんぱく》を貼《は》った豪奢《ごうしゃ》なものであると聞く。きらびやかな着物を身につけ、かしずかれ、抱かれ、母となるのだ。

想像してもやはり他人の未来のようで、少しも実感できない。姫と呼ばれる身ではあったが、夏になれば早駆けもしたし、冬になれば蓑《みの》をかぶり、雪掻《ゆきか》きもした。生も死も贅沢《ぜいたく》も、ただ与えられる運命を諾々と受け入れるだけの女でいられる自信はなかった。抗えるものでもなし、関白の側室になることに納得はしたものの、いざ出立を間近にすると不安で押しつぶされそうになる。

金糸が鏤《ちりば》められた打ち掛けは目映《まばゆ》いばかり。奮発してくれた父には申し訳ないが、

（……重そう）

そのくらいの感想しか持てなかった。

そんな気分のまま数日が過ぎ、いよいよ出立を明日に迎えた。

この日、晴姫にとって初めて興味深い講義がなされた。閨《ねや》の心得である。

精神論から始まって具体的に何をするのかということまで習う——筈《はず》なのだが、師範役となった侍女の芳乃《よしの》のほうが赤面してしまい、回りくどい説明で要領を得ない。

「えっと……まあ、そんな感じです」

「そんな感じって、どんな感じなの？」

「……お察しください」

先ほどからそればかりだ。

姉たちは乳母から講義を受けたようだが、晴姫の乳母は先年病で亡くなっている。そのためお広は新婚で歳の近い芳乃に白羽の矢を立てた。

『女同士、遠慮などせず楽しくおやりなさい』

そう言って、お茶と茶菓子まで奥の間に用意してくれた。普段滅多に拝めないような高級な羊羹《ようかん》は、おそらく晴姫ではなく芳乃に「お願いね」の意味を込めたものだと思うのだが、肝心の本人はまったく手を出していない。というより、目に入っていない。

（美味《おい》しいのに……）

それでもっぱら晴姫ばかりが口にしていた。

もぐもぐしながら考える。男女の営みが子孫繁栄のためにあるなら、もう少し効率というものがあってもよいのではないか。孕《はら》みやすい方法とか時期とか。

「子どもを作るだけなら、交合の前に、こういう面倒なことは必要ないと思うのだけど」

男女が絡み合った絵を見ながら、晴姫は首を傾《かし》げた。姉たちも輿入れ前に使った教本なのだろう、紙はかなり擦り切れている。

「こ……これはその、お互いの情や信頼を確かめ合うためにも……」

「向こうは妻《さい》妾《しょう》が何十人もいるのに、一人一人確かめるの？」

なんて忠実《まめ》な人だろう。関白ともなると違うものね――晴姫は本気で感心していた。

「身体《からだ》にも気持ちにも準備があって、いきなりというわけにはいかないんです、姫様」

夫のいる身とはいえ、芳乃もまだ十九。閨の何たるかを語るには力不足といえた。ましてや晴姫は、恥じらいながら黙って聴いてくれるような気性ではない。

「そうなの？　でも馬は――」

馬のまぐわいなら、晴姫も何度か見ていた。

「馬と人とは違うんです！」

怒られた。そんなに芳乃を困らせるようなことは言っていないつもりなのに。

「それでは、これは？　なんでこんなにいろんな形が」

上になったり下になったり、横になったり座ったり。教本には様々な交合の絵がある。

芳乃は俯《うつむ》き、口籠《くちご》もった。

「それは……わたくしもまだよく存じません」

「あ、これからなのね。それでは芳乃はいつもどの形？」

にこっと問いかける。下世話な詮索《せんさく》などではなく、先輩に教えを乞《こ》う真摯《しんし》な姿勢であったのだが、芳乃は唇を震わせたかと思うと、ついにぼろぼろと涙をこぼし始めた。

「奥方様っ、もうわたくしには無理ですぅ」

盛大に泣き出して、閨の講義は強制終了となった。

もうよい、と母に呆《あき》れたように言われ、姫は屋敷《やしき》の外へ出た。思いきり伸びをする。

（疲れちゃった）

考えてみれば、関白には山ほど妻妾がいるのだから、そっちのほうは達人だろう。田舎娘にたいした期待もしていないに違いない。全部任せればいい。そう思うことにした。

馬のいななきが聞こえた。雪風《ゆきかぜ》だ。声だけでわかる。すぐに厩舎《きゅうしゃ》に向かった。

京に行けば、もう二度と馬で野山を駆けることはないのだろう。

乗りたかった。馬で駆ければ風になって、煩わしいことだってみんな忘れてしまう。

厩舎の中はむせるような馬糞《ばふん》の臭《にお》いがしたが、気にせず入って白馬の雪風を見つける。

「よしよし」

顔を撫《な》でてやると、雪風は甘えるように近づいてきた。

乗りたい。が、この着物でまたがれるだろうか、と考えていると外で話し声がした。

「いよいよ明日は、晴姫様が出立なさるのだったな」

「ああ、急な話だべ」

自分の噂となれば興味も湧く。晴姫は耳を澄ました。

「すでに最上様の姫が京へ発《た》っている。むごうは大名、駒姫《こまひめ》様は音に聞こえた美姫《びき》。遅れをとるまいと必死だべ」

「関白様は、ずいぶん前から駒姫様を所望していだどか」

最上義光《よしあき》は出羽二十四万石の領主である。成匡の妻・お広は義光の従妹《いとこ》にあたり、晴姫も駒姫とは面識があった。

「んだ。最上様は駒姫様が寂しくねえようにと、親戚《しんせき》で仲のいいうちの姫様もついでに側室に迎えてくれと、関白様に言上したんだそうだ。ようするに握り飯についてくる漬け物《がっこ》みでなもんだな」

初めて聞く話で、晴姫は大いに驚いた。おまけ扱いは気にはならず、ただ駒姫が一緒であることが嬉《うれ》しかった。見知らぬ者の中にぽんと放り込まれるわけではないのだ。

「それはまことか」

厩舎から突然、当の姫が飛び出してきたものだから、馬番の家来たちは腰を抜かした。

「は、は、晴姫様っ、申す訳ごぜえません」

「どうが、ひらに」

無礼な噂話をしていた自覚のある二人の馬番は、額を地面にこすりつけて平伏《ひれふ》した。

「何を謝ってるの？　それより、駒姫も関白様の側室に上がられるというのは本当？」

嬉しそうな晴姫を見て、馬番たちは拍子抜けしたようだった。

「あ……へえ、そのように聞いでおりますが」

最上家の駒姫とは歳も同じ。綺麗で優しくて大好きだった。駒姫が一緒なら楽しいに違いない。仲良く笑いさざめく光景が目に浮かび、晴姫の胸は弾んだ。

2

その夜は兄たちも集まり、祝宴を催した。

長子成嘉《なりよし》にはすでに妻子がいる。二人の小さな子どもたちは元気で、宴《うたげ》の席でもじっとしていられないようだ。末子の晴姫にとっても、彼らは弟や妹のようなものだった。

次男盛匡《もりまさ》は養子に出されており、この場にはいない。母親似で温厚な三男成茂《なりしげ》は、来春他家に婿入りする。家督を継げない男子はこうして養子や婿に出されるのが通例だ。身の振り方が決まらないまま、部屋住みとして冷や飯を喰《く》わされる男子も多い。そうならないよう父の成匡が手を尽くしたのだ。

晴姫と二つ違いで特に仲のいい四男宗七郎《そうしちろう》は、慣れない酒を恐る恐る飲んでいた。宗七郎もじき養子に行くことになるか、または臣下として手元に置かれるのかもしれない。

遠方に嫁いだ姉たちは一度も帰ってこない。嫁ぐとはそういうことなのだ。それでも、ここまで身内が揃《そろ》うのは久しぶりで、晴姫は心から祝宴を楽しんだ。

兄弟姉妹が八人もいて皆息災というのは、このような時代にあっては極めて珍しいことだった。同腹ということもあるかもしれないが、兄弟間の争いもない。

父の成匡が側室を持たないというのは、必ずしも愛妻家というだけが理由ではないが、これから嫁ぐ先にこの温かさを期待するのは難しいのだろう。太閤にしろ関白にしろ、政治的な駆け引きで山ほど側室を持たなければならない男たちを、晴姫は気の毒に思う。

「そうだ、父上。どうして駒姫のことを教えてくださらなかったのですか」

晴姫が訊《き》くと、成匡は困ったような顔をして、杯を空けた。

「最上の姫君は関係なかろう」

「でもわたしたち又従姉妹《またいとこ》です。側室同士なら今度は姉妹みたいなものじゃないですか」

妹の無邪気さに兄たちは苦笑した。妻妾たちは一人の男を挟んだ敵同士でもあるのだ。

「怒るな、お晴。父上は駒姫の添え物のような形で側室の声がかかったことを、おまえが気にするのではないかと案じたのだ」

長兄の成嘉がとりなすように言う。

「ええ？　そんなこと気にしません。だって関白様にはお会いしたこともありませんもの。でも、駒姫は別です。一緒なら、きっとなんでも乗り越えていけます」

この場にいる誰もが、晴姫を嫁がせることに漠然とした不安を抱いていたのだが、このしなやかさに救われる思いだった。母お広が微笑《ほほえ》む。

「駒姫様とはたいそう気が合っていましたものね。最上様と奥方様も、熊谷の晴姫が一緒なら――そう思ってくださったそうです。ありがたいことです」

妻の言葉を受け、成匡が肯《うなず》く。

「きっとお互いの存在が慰めになろう。末永く助け合ってゆくといい」

父の言葉に晴姫は、しっかり「はい」と応じた。

「ここで暮らしたことは生涯、わたくしの宝です。父上、母上、兄上、義姉上……皆も、今日まで本当にお世話になりました」

晴姫が手をつき深く頭を下げると、あちこちから鼻をすする音がした。中でも盛大に泣いていたのは成匡だった。嗚咽《おえつ》を漏らすまいと唇を固く引き結び、顔を真っ赤にして天井を仰ぐ父を見ているうちに、晴姫も胸が熱くなってきた。


朝からよく晴れ、旅立ちにまことにふさわしい日となった。

目を潤ませる母、別れを惜しむようにいななく雪風。家臣の者たちも皆、神妙に送ってくれた。両親に見守られ、兄弟でじゃれ合った屋敷ともこれでお別れとなる。

京へと上る輿入れ行列は、総勢二十名のささやかなものだった。父成匡と四男宗七郎。晴姫を支える侍女が三名。下男や輿を担ぐ者を含めて、残りが男の家臣団であった。

成匡はもう少し華やかにしたかったが、側室が派手に輿入れしては秀次が反感を持たれるかもしれないと自粛したのだ。それでなくとも妻妾の多さが太閤の顰蹙《ひんしゅく》を買っているという話も聞く。地元に嫡男の成嘉を残してはいるが、この地はまだ安定をみていない。当主不在は攻め込まれやすい状況となる。家臣を大勢連れていくわけにはいかなかった。

晴姫自身も仰々しいのを嫌った。本当は輿ではなく馬に乗りたい。一見優雅だが輿での長旅は楽ではない。出立から一刻もたたぬうちに、もう背中が痛むのを感じていた。

(これで京まで行くのね)

先が思いやられると、そっと吐息を漏らした。

「姫様、酔われましたか?」

簾越《すだれご》しに芳乃が小声で話しかけてきた。閨の師範としては失格だったが、晴姫付きの侍女としては芳乃は優秀だった。ため息一つ聞き逃してくれない。

本来、嫁いで間もない芳乃は輿入れに付き添う筈ではなかった。しかし、昨夜遅く同行予定の侍女が食あたりを起こし、急遽《きゅうきょ》代わりとなったのだ。

「大丈夫。あ……ごめんね、芳乃。なんだか急で」

上洛後まもなく帰ることになっているが、新妻を京まで連れていこうというのだから、さすがの晴姫も申し訳なく思っていた。

「いえ、弟の謙吾《けんご》もおりますし心強い限りです。主人より一命をかけて姫様をお守りするよう言いつかってきました。わたくしも熊谷家に仕える身。お役に立ちとうございます」

胸を張ってそう応《こた》えたが、他《ほか》の者に聞こえないよう、ぼそりと付け加える。

「でも……閨の講義はしませんから」

よほど懲りたらしい。

具合が悪いのは花嫁の父も同じだった。いかなるときも眼光鋭く、猛将として敵を震え上がらせてきた熊谷八郎成匡だが、この日は前夜の深酒が祟《たた》ったか、ぐったりとした様子で馬に揺られていた。

「だから飲みすぎぬようにと、お諫《いさ》めしたのです」

同行した四男宗七郎に叱られ、成匡は痛む頭を抱えている。

「お顔の色が優れません。一度休んではいかがでしょう」

主君の身を案じ、声をかけてきたのは重臣黒崎源右衛門《くろさきげんえもん》の次男、謙吾である。十七と若輩ではあるが勇ましく、剣技に秀で、このたびの晴姫の護衛を任された。芳乃の弟であり、宗七郎とは乳兄弟である。主従というより親友のようなものだった。

「案ずるな。儂《わし》のせいで行程を狂わすわけにはいかん」

「お館《やかた》様がそこまで飲まれるのは珍しい」

謙吾は馬を横につける、水の入った竹筒を主君に差しだした。

「それはな、謙吾。それだけ末娘を嫁に出すのが寂しくてならなかったということだ。出羽の荒熊と恐れられた父上も、娘のこととなるとかたなしだ」

日頃厳しい父を揶揄《やゆ》するなら今とばかりに、宗七郎が楽しげに言う。

息子に笑われ、成匡が「黙れ黙れ」と顔を赤くした。

「若、あまり殿をからかうものではありませんぞ」

「さよう。なんといっても晴姫様は、小さい頃からお館様によくなついていらっしゃった。手放しがたいのは無理もない」

「思い出すのお。戦で怪我《けが》をなさったときは、父上が死んでしまうと殿の傍らで姫が泣いて泣いて。それを見て今度は殿が貰《もら》い泣《な》きよ。まったくよく似た親子であった」

古参の家臣たちが思い出話に花を咲かせ始めたものだから、成匡の顔はいよいよ真っ赤になっていた。

皆の笑い声を輿の中で聞きながら、晴姫は通り過ぎていく山や雲を眺めた。

（八塩のお山が見えなくなった……）

こうやって、生まれ育った山々が少しずつ離れていくのだ。鼻の奥が痛い。どうしようもなく寂しい気持ちが込み上げてきて、涙を堪《こら》えた。

この輿入れが駒姫の付け足しだろうと政略だろうと、わたしは幸せにならなければいけない――改めて肝に銘じた。


夏の暑さがきつくなってきた。

輿に揺られ、幾日たったことだろう。花嫁道中は半分ほど過ぎたようだ。故郷が遠くなるにつれ、どこか他人事だった晴姫の中にも心構えができていた。

(わたしの身は、わたしだけのものではない)

かつて言われた言葉を噛《か》みしめる。

あれはいくつの頃だったか。七つくらいだろうか。晴姫は幼い日の記憶を探る。

一人で山に入り、駆け回っていたときだ。兎《うさぎ》を追いかけて、奥深くまで入り込んでしまっていた。目の前に現れた大きな熊《くま》に、身体が固まり、泣き声もあげられなかった。

熊が飛びかかってこようとしたそのとき、バーンと大きな音がした。熊は頭を射貫かれ倒れた。何が起きたのかわからず、尻餅《しりもち》をついたまま呆然《ぼうぜん》としていると、木々の陰からぼさぼさの髪をした少年が出てきた。四つか五つ上くらいの、鉄砲を持った子どもだった。

猟師の小倅《こせがれ》だろうか、たった一発で熊を仕留めたのだ。

　銃声が里まで聞こえたのだろう、姫を呼ぶいくつもの声がする。

『どこかの姫様か。ならば、おまえの身はおまえだけのものではないぞ』

　きりりとした目で晴姫を見つめた少年は、厳しい口調で言った。こくりと肯くと、一言『けっこう』とだけ言い残し去っていった。

　今では顔も覚えていないけれど、ずいぶん綺麗な男の子だったような気がする。口の利き方は侍のようで、市井《しせい》の子とも思えなかったが。

（もう一度会いたかった……）

　叶《かな》わぬことでも、再会を願う気持ちだけは生涯持ち続けようと思った。

　あの少年の言うとおり。わたしはこれから熊谷の家を守るためにも、関白様をお支えするのだ。そして豊臣家の御為に……。

（それは、まあいいか）

　見ず知らずの男の一族の未来までは、正直なところ晴姫にはまだ考えられない。

　嫁ぎ先より生家を大切に思うのは当然の時代である。ひたすら家のためにというのが、武家の娘の考え方だ。嫁ぐといえば聞こえはいいが、多くの場合は人質でもある。乱世にあって、これは女に課せられた戦いなのだ。家同士争わず、子ができ、夫婦仲睦《むつ》まじいまま十年も過ぎれば、ようやく夫や婚家への愛着や忠誠心も湧いてくる。そういうものだ。

　とはいえ、晴姫ほど相手の男に興味を持たないのも珍しいに違いない。

「ねえ、芳乃。京の食べ物は美味しいのかしら。薄味なんでしょ？」

「きっと美味でございましょう。典雅で、目にも美しいお料理と聞きますもの」

「典雅ね。うーん、じゃあ猪鍋《ししなべ》はもう食べられないかな……覚悟しておかないと」

これもまた輿入れにおける重要な心構えの一つには違いなかった。

じき宿場町へ到着した。小さな町は晴姫一行を受け入れたことでいっぱいになった。駒姫一行はこの宿場町を借り切ったらしい。安全を考えるとそれが一番だが、貧しい小領主ではなかなかそこまではできない。

旅の疲れが出てくる頃である。皆、思い思いに羽を伸ばして、休息をとっていた。

夜になると、天の川降るごとくに星々は瞬《また》き、無数の蛍が飛び交った。

この絶景に誘われないような晴姫ではない。ここまでおとなしくしてきたこともあり、侍女たちも気を緩めている。連れだって湯に浸《つ》かろうと楽しげに話していた。

こっそりと部屋を抜け出し、晴姫は宿を出た。夜一人で動き回っているところなど、謙吾や兄に見つかったら大目玉を喰らう。ことに謙吾はうるさいのだ。人目につかぬよう町の端まで来ると、あとはそそくさと走った。

蛍を追いかけているうちに、水の音が聞こえてきた。川が流れているようだ。蛍は清い水のあるところに集まるという。

（うわぁ……）

蛍が集まっている場所があった。まるで光の柱のようになっている。故郷でも蛍は珍しくはないが、ここまでの光景は初めてだった。

もっとよく見たい。晴姫は生い茂る高い葦《あし》や稗《ひえ》を掻き分け、河原へと下りていった。

蛍を脅かさないように、静かに近づいていく。そっと葦を両手で分けると、晴姫は息を呑《の》んだ。川の中に人が立っていて、その周りを蛍の群れが囲んでいたのだ。

(天女……?)

夢を見ているのかと思った。月と星、そして蛍。輝きに照らされたのは、しなやかな裸身だった。──美しい。なにより、見たこともない緋色《ひいろ》の髪が艶《つや》やかに揺らめいている。

「……綺麗」

うっかり声に出してしまった。人影が振り返る。

同時に、光が解き放たれたかのように蛍が飛び立つ。晴姫は驚いて逃げ出した。見つかった恐怖よりも、この世ならざる世界を垣間見《かいまみ》た驚きと興奮で胸がいっぱいだった。

できることなら、もっと見ていたかった。

3

女──子どもか?

逃げていく人影を見送りながら、千寿《せんじゅ》は嘆息した。

せっかく冷たい水にも慣れてきたのに、すぐに立ち去らなければならないようだ。

身体から甘い匂《にお》いがするわけでもあるまいに、どうしてこうも蛍が寄ってくるのやら。

わずか十日、短い夏にさまよい、命を燃やすなら、人ごときに関《かか》わる時間すら惜しいのではないか。

『寄ってくるのは、なにかしら救いになるものが、おまえにあるからだろうよ』

親父様《おやじ》がそう言っていたのを思い出した。

酔うとよくそんな戯《ざ》れ言《ごと》を口にした。本気にはしていないが、追い払うこともしない。

だが、さすがにあれほど集まると人目に触れてしまう。果たしてあの子どもは、なんと思ったことだろう。

(……お化け、かな)

濡《ぬ》れた髪を指先でつまむ。

いかんいかんと頭を振った。どうも旅に出てからというもの、物事を暗くとらえすぎる。いくらいろいろあったからとはいえ、こんなに卑屈でどうする。

(これでは親父様が案じて、化けて出るわ――)

亡くなった育ての親のことを思い出し、千寿はぱんぱんと両手で頬《ほお》を叩《たた》いた。

川から上がると、さっと手ぬぐいで拭《ふ》いて僧衣を身につけた。泥と汗で汚れているのだが、他に着るものもない。墨染めの直綴《じきとつ》は、汚れも目立たなかった。古い巾着《きんちゃく》袋を首に下げ、背中に刀袋をくりつける。この二つだけは決して失《な》くすわけにはいかない大切なものだった。

何日も野宿をしている。今夜こそはちゃんとした寝床で横になりたい。そう思い、前もって身を清めておいたのだ。残念ながら一人で入るのが難しい宿場の風呂《ふろ》は使えない。

赤い髪の毛を丸めて手ぬぐいで覆い、その上から網代笠《あじろがさ》をかぶる。錫杖《しゃくじょう》を手にして、雲水《うんすい》の恰好《かっこう》さえしてしまえば、とりあえず諸国を巡る若い僧侶《そうりょ》の完成だ。

遠目にもいい着物を着ていたように見えたが、あの子どもは宿場に泊まっているのだろうか。この姿なら会っても気づかれることはないと思うが、用心したほうがよさそうだ。

千寿は念のため、せっかく洗った顔に泥をつけた。

ともあれ宿場へと急ぐ。寝床、飯、酒……。

が――そんな千寿のささやかな夢は打ち砕かれた。

すでにどの宿も満員御礼《おんれい》だったのである。晴姫様ご一行とやらのせいで。

「……ここもか」

千寿の口から失望の声が漏れた。一番大きな宿でさえ、相部屋も叶わぬほど混《こ》んでいるとは思わなかった。

「悪いねえ、お坊さん。なにしろ関白様の花嫁行列ともなれば、そちらを優先しないわけにはいかなくってねえ。予約もされて大事な荷物もあるそうで、相部屋というのも……」

宿の番頭が申し訳なさそうに禿頭《とくとう》を掻いた。二階からは哀れな旅の僧侶をコケにするように賑《にぎ》やかな声が聞こえてくる。

「何が花嫁だか……」

どうせ何十人もいる女の一人だろう。聚楽第という名の遊郭みたいなものだ——とまでは、思ってもさすがに口にしないでおいた。

「しかし、どこぞの姫が輿入れしたばかりじゃなかったか」

旅の途中、噂は届いていた。それは立派な行列だったと聞く。

「ああ、それは最上様の姫様だろう。坊さんも、もうちょっと早く来てくれれば、まだ寝る場所くらいはあっただろうに。すまんが、他をあたってくれ」

すでに何軒もあたっていたが、すべて門前払いだったのだ。

今夜も野宿するしかなさそうだ。どこかで食い物だけでも調達するかと考えたとき、十四、五ほどの娘が宿から飛び出してきた。

「お坊様、お待ちください」

言葉遣いや身につけているものを見る限り、そこいらの宿の小娘というわけではなさそうだ。そこそこの武家の息女だろう。背後には家臣らしき若侍が心配そうに控えている。

「拙僧に何か？」

一応、それらしく称してみる。無理に低い声を出すのは楽ではない。

「あの……先ほどこちらに着かれたのですよね」

「いかにも」

小柄な娘の瞳《ひとみ》が、何かを期待するように輝いていた。

「なら、川沿いを歩いてきたのですよね。水浴びをしている天女を見ませんでしたか」

千寿はあっけにとられ、娘を見下ろした。

「天女？」

「いえ、よくわからなかったのですけど、わたし、さっき見たんです。赤い髪をしてとても美しい……。蛍を自在に操っていたんです。ご覧になりませんでしたか？」

千寿は動揺した。どうやら、あのとき逃げていった子どもはこの娘らしい。

遠目には蛍に飾られ、輝いて見えたのか。きらきらした瞳で、美しいなどという形容をされ、いささかこそばゆい。

「いや、見ていないが」

「そうですか……」

明らかにがっかりしていた。背後から若侍がたしなめる。

「だから夢でも見たのですよ。もうお戻りになってください。先ほどお叱りを受けたばかりではありませんか。我が姉もどれほど案じたことか」

娘は小首を傾げた。

「夢なんて、そんなことは……ないと思います、たぶん」

最後のほうは声が小さくなった。さすがに千寿も気の毒になる。

「天女を見たというのであれば、きっといいことがある」

合掌し、もっともらしく言うと、娘はぽんと花が咲いたように笑った。

「そうですか、そうですよね！　あ、お坊様、今夜の宿がなくてお困りなのでしょう？　ごめんなさい。少しお待ちくださいね、わたしからもお願いしてみます」

娘は有無を言わせない。若侍に千寿の相手を命じると、ぱたぱたと宿へ入っていった。

「元気な姫様だな。関白にはもったいない」

男が目を見開く。何奴《なにやつ》とばかりに、刀の柄に手をかけた。

「それぐらい誰でも察すると思うが」

関白の花嫁が泊まっていることは、宿場中の評判だ。しかも娘の身で満員を詫《わ》びているのだから、身分の想像もつく。

「それも……そうだな。先ほどの話、内密にお頼み申す」

そう言って頭を下げた。生真面目《きまじめ》な男だ。

今度の関白の花嫁は天女の幻を見るほど幼い、などと噂になっては困ると思ったのか。

「本当に見たのかもしれないぞ、天女らしきものを」

「面妖《めんよう》なものなど見ないほうがいい。不吉だ」

「……お姫様とは正反対だな。わざわざ悪いほうに考えるとは」

おまえに何がわかるとでもいうように、若侍は小さく吐息を漏らした。

「それがしは黒崎謙吾と申す。お名前を伺ってもよろしいか」

「千寿……坊と申す。案ずるな、花嫁の噂話などしない」

名を訊《たず》ねたのは牽制《けんせい》のつもりだろう。おとなしくじっとしている姫でもないようだし、護衛するのも骨が折れるのではないか。なかなかの美男子だというのに、苦虫を嚙みつぶしたような顔をしている。

「背中に立派な剣をお持ちのようだが」

袋に入っていては、立派かどうかなどわかるわけもない。まだ警戒しているらしい。

「拾ったナマクラだ。持っているだけでも少しは盗賊よけになる」

僧兵など珍しくもなく、坊主の武装はおかしなことではない。

「確かに徒党を組んで山賊働きをする者も多いと聞く。道中だけでなく京の治安も必ずしもいいとはいえないようだからな」

「大釜《おおがま》に油を熱しての処刑などもあったらしい。くだらない見せしめなどしたところで、こんな血なまぐさい世の中じゃあ盗人《ぬすっと》は減らないだろうよ」

千寿の言葉に、謙吾は瞳を曇らせた。

「太閤様のご威光で、たいそう華やかな都だと聞いていたのに、近づくにつれそのようなよからぬ噂も耳に入ってくるのだ。姫はあのとおりのお人柄……不安は募る」

そう言ってから、はっとしたように顔をそむけた。この若者は姫のことが心配でならないのだ。忠義者は嫌いではない。

「お待たせいたしましたっ」

まもなく胸に何かを抱え、姫が戻ってきた。

「頼んでみたのですが、どうしてもお泊めするのは無理だと言われてしまいました。お役にたてず、申し訳ありません」

姫は何度も頭を下げた。その背後に心配そうに侍女たちが並んでいた。夜分、一人で冒険してしまうような姫様だ。監視役も気が気ではないのだろう。

「かまわぬ。野宿は慣れている」

「あの、これをお待ちください。握り飯を作って参りました」

竹皮に包まれた塊を差しだされ、千寿はありがたく受け取った。姫の指に飯粒がくっついているのに気づき、くすりと笑う。

「かたじけない」

見送られながら宿を離れた。

面白い姫君もいるものだ。しかし関白の側室とは——。

これがもし太閤の側室であったなら、千寿の胸にはもっと複雑な思いが生じていた。

宿場の端にある馬小屋の軒下に腰をおろす。もらった包みを開けると、中から不恰好《ぶかっこう》な握り飯が二つ現れた。ずいぶんと頑張って作ってくれたらしい。

「……しょっぱ」

それでも疲れた身体には、却《かえ》って美味しく感じられた。がつがつと食らいつき、最後に指についた飯粒をなめる。

千寿は追われる身だった。関所が通りにくいこともあり、山から山を抜けてきた。

敵をまくために陸奥を出て、越後《えちご》から越中《えっちゅう》に抜けたが、江戸を通ってきた方がよかったのかもしれない。

秀吉の命により、五年前、徳川は江戸に移った。家康《いえやす》は大規模な埋め立て、水路の確保など、街造りに尽力した。都から遠く離れた寒村だった江戸は、立派な城下町へ変貌《へんぼう》しつつある。秀吉より十近く若く、後継の息子にも恵まれている家康。果たして数年後、天下はどう動いているであろうか。

千寿は養父から多くのことを教わった。天下の目盛りを見極めること、異国との関わりのあり方。隠者のごとき日々を送る男が、養い子に何故《なぜ》そのような教えを施したか、千寿もわかっているつもりだ。

十年間育ててくれた津田小三郎《つだこさぶろう》は、もういない。

「また野宿か」

闇から男の声がした。

「……黙れ」

いやな奴が現れた。千寿は錫杖を握り、暗闇に目をこらす。

「こんなところで仕掛ける気はない。関白の花嫁とやらがいるのに、騒ぎなど起こすか」

宿場から離れずにいたのは正解だったようだ。

「おまえらの望むようなものは持っていない。しつこいぞ」

「ならば、その刀袋の中を見せてみろ」

千寿はこの男の話し方が嫌いだった。いやらしいことこの上ない。無駄に美声だから余計にそう感じる。

「そんな義理はない」

「つれないな」

これ以上、話す気はなかった。余計なことまで言ってしまいそうで落ち着かない。

「眠いんだ、失《う》せろ」

「そうだな、おれもやすむとしよう。おまえと違って宿はとれたからな」

かっと頭に血がのぼった。だからこいつは嫌いなのだ。

「なんなら、おれの床《とこ》に来るか」

声のするほうに向かって錫杖がびゅんと風を切った。笑い声と共に草が鳴る。楽々とかわしたらしい。

「このあたりは物騒なようだ。豊臣に滅ぼされ、恨みを持った野武士が徒党を組んで山賊などをやっているらしい。命と背中のお宝を奪われないように気をつけておけ」

それだけ言い残し、気配は消えた。

今は様子見のようなもの。袋の中身が確認できたら、仲間を揃え、本腰を入れて襲ってくるということだろう。

(でうす……厄介な形見だ)

長い乱世は、未《いま》だ多くの癒《い》えない傷を残している。豊臣に恨みを抱く者など星の数ほどもいるだろう。小三郎もそうだった筈だ。

(わたしの恨みもまた深い……)

京に着いて、それからどうしたものかと考える。自分の存在はいろいろと面倒な事態を引き起こすだろう。

太閤さんは錦《にしき》のお城で美女をはべらせ、世界を転がす夢を見ているという——千寿は考えることをやめた。すべては京で決めればいいことだ。

4

青々とした立山《たてやま》が美しい。暑さの厳しい中、越後を抜け、さらに越中を南下する。一行に旅の疲れが出てきていた。

行列のあちらこちらから欠伸《あくび》が漏れる。

いやな暑さが眠気を誘うが、最大の原因は晴姫の〈神隠し〉であったかもしれない。昨晩、宿を抜け出した晴姫はこってりと絞られた。いなくなったことが見つからないうちに戻るつもりだったが、〈天女〉を見て帰ったときには騒ぎになっていた。

「そなたという奴は……」

馬の上から雷が落ちてきた。成匡の怒りは収まらず、延々と説教が続いていたのだ。

「申し訳ありません、父上」

ひたすら謝るしかなかった。

「物見遊山ではないのだぞ。畏《おそ》れ多《おお》くも関白の花嫁になろうという身で、夜遊びとは」

まだ見ぬ花婿にそこまで義理立てが必要だとも思わないが、それは口に出さない。が、昨夜から続く父の説教は、さすがに長すぎる気がした。

「山にかかる月がなんとも美しく、蛍が飛んでおりました。故郷を思い出してしまったのかもしれません……」

悲しみを込め、晴姫がせつなげにそう言うと、成匡が黙った。

つい奥の手を使ってしまってから、晴姫はすぐにおのれの失敗に気づいた。また父が目を潤ませているのではあるまいか。寝た子を起こすような真似《まね》をしてどうするのか。

輿の中から恐る恐る馬上の父を見上げると、案の定、成匡は真っ赤な顔を上に向け、懸命に唇を引き結んでいた。親心を弄《もてあそ》んでしまったようで、晴姫は大いに反省した。

（ごめんなさい、父上）

そんな親子の様子を、同行の者たちが微笑ましげに眺めている。

「この先の山には、賊が出るといいます。気を引き締めて参りましょう」

先頭を行く黒崎謙吾が、振り返って叫んだ。成匡が大いに肯く。

「う、うむ。締めてかからねばならん。よいな」

ははっ、と声があがり、一旦《いったん》休憩となった。

深い緑の山は目にも鮮やかで、禍々《まがまが》しいものを孕んでいるようには見えない。

晴姫も狭い輿から解放されて、大きく伸びをした。

「そんなことしてたら、はしたないとお館様に叱られますよ」

芳乃にたしなめられ、慌てて両手を下ろした。幸い、父は後方で兄と話している。

脅かさないで、と安堵《あんど》してから、芳乃の顔色が悪いことに気づく。

「芳乃、どこか具合が悪いんじゃないの」

「そんなことは……いえ、夜分に姫様が消えて、捜し回って疲れたのは確かかと」

それを言われると、ぐうの音も出ない。

「そうだ。わたしが歩くから、芳乃が輿に乗ればいい」

ずっと歩きたかった晴姫としては、一石二鳥のいい考えだと思ったが、芳乃はとんでもありませんと即答した。

「お気持ちはまことにありがたいことです。でも、姫様を無事に京へお連れするために、わたくしたちはいるのです。もしわたくしが輿に乗って、姫様が歩いたなどと聞いたら、我が夫、岡部弥太郎《おかべやたろう》は腹を切るでしょう」

そこまで言われてしまうと、晴姫としても何も言えなくなる。

「姫のお世話は私がしますから、皆様がたは木陰で休んでください」

黒崎謙吾が侍女たちに申し出た。女たちは素直にその言葉に甘えた。

「姉上のおっしゃるとおりです。姫がよくても、我らはそういうわけにはいかぬのです。案じてくださるなら、どうか昨夜のようなことはなさらぬように」

謙吾にもたしなめられ、晴姫は神妙に俯く。

「……迷惑をかけました」

「迷惑ではなく、心配をかけたのです」

「……はい」

晴姫は謙吾が少し苦手だった。なにしろこの若い侍はいつも正しい。

「一人で出歩かれて、何かあったらどうなさいます」

「だって、ぞろぞろついて来られたら、蛍だって逃げるでしょう」

一人だったから、天女にだって出会えたのだ。

「もう少し自覚を持っていただかないと。やっと宿に戻ってきたかと思ったら、今度は見ず知らずの雲水と立ち話」

「あのお坊様は、わたしたちのせいで宿に泊まれなかったの。なんとかして差し上げたくて」

「どこの馬の骨かわからぬ旅の僧侶など……」

「綺麗なお顔をしていました。たいそう澄んだ目をして」

ゆうべの僧侶の微笑んだ顔を思い出す。

「顔に泥のついた、汚いなりをした小坊主だったように思いますが」

「あ、少し異国の方のようなお顔だちだった気がします。お坊様だから、もしかしたら切《キリ》支丹《シタン》の神様と似てらっしゃるのかもしれませんね」

晴姫は切支丹はおろか異人も見たことがない。その教義はもちろん、茨《いばら》の冠をかぶせられた痩《や》せた男の姿絵なども当然知らない。異国の方のような――というのは、あくまで想像でしかなかった。

「……また突拍子もないことを」

謙吾は眉根《まゆね》を寄せた。

「とにかく、太閤様は伴天連《バテレン》を追放しておられます。この先、そのようなことはおっしゃらないほうがよろしいかと」

「そうなのですか？　仏の道でも切支丹でも、この世の安寧を願う気持ちは同じでしょ。なら、なんでもいいような気がするのですけど」

「姫っ、だからそういうことは――」

「わかりました。ごめんなさい」

小言が長くなりそうなので、晴姫はすぐに謝った。

信長から続いた切支丹への優遇は転機を迎えている。切支丹などほとんどいない北の地に生まれ育った晴姫には、いかなる軋轢《あつれき》が生じ始めているのかわからなかった。

同じ仏門でもいろいろあるのだから、異国の宗教ともなれば多くの問題が生じるものなのだろうと納得するしかなかった。

「皆の者、そろそろ出るぞ」

宗七郎が号令をかけた。皆が立ち上がる。これからが難所らしい。輿の担ぎ手が気合を入れるように頭に水をかけた。

(また籠《かご》の鳥ね……ふう)

輿の中はひどく蒸し暑かった。雨が来るのかもしれない、と晴姫は思った。


その頃、千寿は峠にさしかかっていた。

夜が明けると同時に出発したのだ。それから一人、黙々と歩いた。花嫁行列はずっとこの後ろだろう。

雲が重みを増してきた。空を見上げ、千寿は歩みを速めた。京まであと十日足らずというところか。このままなにごともなく到着できればいいのだが。

山道を下りながら、あれこれと考える。これからのこと、手放したこと。

『一年たって戻ってこなかったら、おぬしを死んだものと思えばいいのだな……本当にそれでいいのだな』

小三郎の弔いを頼んだ近くの山寺の和尚に、別れ際、念を押された。あの和尚にはずいぶん面倒なことを頼んでしまった。

思い出して、頭を振る。京に入ったらまず真っ先に、太閤が居住する伏見《ふしみ》の屋敷に向かうべきか。そこに入ればもう後戻りはできない。

正直、怖かった。恨みが勝つのか、情が勝つのか——曖昧《あいまい》にしていた感情は、どちらに落ち着くのだろうか。

（太閤をこの手で殺す……その覚悟はあるのか）

暗い思いに囚《とら》われていて、気づくのが少し遅れた。草むらの中からかささと音がする。追っ手だろうかと思ったが、ここまで気配を消せない忍びなどいないだろう。

「何か用か？」

面倒なことは早く片づけるに限る。気配のするほうに話しかけてみた。

木の陰から出てきたのは、人相の悪い野武士であった。千寿と向かい合うと、にやにやと黄色い歯を見せる。ゆうべ、あの男が忠告したのはこの類《たぐ》いだったらしい。

「勘がいいじゃねえか、小僧」

「獣臭い」

野武士の形相《ぎょうそう》が変わった。一人旅の雲水をいい鴨《かも》だと思っていたのだろう。ところが、この獲物はあっさり狩られる気はないらしい、と気づいたのだろう。

「若造がいきがるんじゃねえ。仲間はいなくともおめえみてえな小僧っこ、俺一人でたくさんだ。さっさと金出しな」

単なる物とりか。だが、逆らえば躊躇《ためら》うことなく殺すつもりなのだろう。

（面倒くさいったらない）

こっちは山賊風情に関わっている暇はない。

「金はやらぬ。失《う》せろ」

千寿は無視して歩きだした。が、背後から襲いかかってくるだろうことは予測済みだ。

「ぶっ殺してや――うがっ」

振り下ろされようとしていた太刀が宙に飛び、近くの木に刺さった。千寿の錫杖が男の手から太刀を叩き飛ばしたのだ。

「どうした。ぶっ殺すのではなかったか」

逃げようとした男の腹を容赦なく突く。苦しげに腹を押さえ、うずくまった男のうなじにトンと杖《つえ》の先端を置いた。びくりと男の身体が震えた。

「い……命ばかりは」

「厚かましいことを言う。自分から斬りかかっておいて」

ぐりっと杖に力を入れると、男はますます丸くなった。

「悪かった……許してくれ、もうしねえ」

「心にもないことを」

こういう手合いは、生かしておけばまた誰かを襲うだろう。ここで殺してやったほうが功徳《くどく》ってものだ。千寿は容赦なくそう思った。

「くそ……俺を殺せば、仲間が黙ってねえぞ」

「その仲間はどこに？」

答えないので、思いきり後頭部を踏みつけてやった。もちろん、草履の裏でぐりぐりとやるのも忘れない。

「で、出払ってる……俺は留守番だ。今頃は関白の側室を襲ってる」

関白の側室――千寿はゆうべの少女のことを思い出した。蛍に誘われて〈天女〉を見つけた、あの困ったお姫様だ。

「花嫁を襲ってどうする気だ」

「俺たちは豊臣に恨みがある……主《あるじ》を殺され、国を追われた」

天下を獲《と》るまでには、どれほどの恨み辛《つら》みを背負い込むものなのだろうか。そうまでして獲らなければならないほど、天下とはいいものなのか。このあたりは是非、本人に訊いてみたかった。だが、それとこれとは別である。

「だったら太閤を狙《ねら》え。関白の女で恨みを晴らそうなんて、みみっちいことを言うな」

ぼんの窪《くぼ》を錫杖で突くと、賊は短いうめき声をあげて、突っ伏したまま動かなくなった。殺してはいない。

来た道をちらりと振り返った。健やかで好奇心の塊のような少女の瞳を思う。

（……関係ない）

義理といえば握り飯をもらったくらいだ。それでなくとも雲ゆきが怪しい。先を急ぐ必要がある。京に向け、再び山道を歩きだした。

少しして、堪えきれなくなった雲から、とうとう雨が落ちてきた。


襲撃はあまりに突然だった。

雨が降りだして、そちらの対策に追われていたせいだ。強い雨ではないが、姫をはじめ女たちもいる。一度止まって、どうしたものか話し合おうとしたときだった。

気づけば四方を囲まれていた。野武士の一団に攻め込まれ、熊谷一行は浮き足立った。

山道は狭く、馬は使えない。数にさほど差はないが、ぐるりと囲まれた状態で晴姫たちを守らなければならない兵たちは、思うように戦えずにいた。鉄砲の用意もあったのだが、この雨では火縄は使えない。

「儂はよい。晴と女たちを守れ」

成匡が叫びながら、賊の一人を叩き斬った。

輿を囲んでいた兵が崩れた。はずみで横倒しになった輿から這《は》い出《で》てきた晴姫は、目の前に落ちていた槍《やり》を握った。全身が震えていたが、それでも負けじと槍を構えた。

「姫っ、私の後ろへ」

謙吾が駆け寄ってきた。間一髪、晴姫を奪おうと飛びかかってきた賊を一刀両断する。

「謙吾っ」

晴姫は泣きながら謙吾の背中に張りついた。

「娘は生かしたまま捕らえろ。殺すなよ」

賊の首領らしき男が叫んだ。

「関白より先に味見してやらあ」

賊たちが下卑た声で笑う。

捕まったら辱めを受ける。晴姫はかちかちと音をたてる歯を気合で食いしばった。

(泣いている場合じゃない)

自分の身は自分で守らなければならない。周りに頼ってばかりでは駄目だ。足枷《あしかせ》になどなってたまるか。両手でしっかりと槍を構え、謙吾と背中合わせになる。薙刀《なぎなた》なら心得がある。槍は主に突いて戦う武器だが、似たようなものだろう。

襲いかかろうとしてきた賊めがけ、細腕でぶんと振り回す。傷を負わせられなくとも、充分な威嚇にはなった。

「寄らば斬る!」

鈴のような声を振り絞り、晴姫はこれでもかと虚勢を張った。

「姫に指一本触れさせはせん」

謙吾はあたりに目を光らせた。

雨でぬかるんだ地面には、すでにいくつもの亡骸《なきがら》が転がっている。

ついさっきまで和やかに進んでいたのに、これはどうしたことだ。足下に倒れているのは輿の担ぎ手だ。子どもに京の土産を買ってやるのを楽しみにしていた男だった。悲鳴の形のまま口を開け、天を睨《にら》み絶命している。

「田舎武将が！　娘を助平関白に差しだしてまで安泰を図りたいとは、片腹痛いわ」

首領らしき男が地を這うような声で笑った。

「おのれっ」

この挑発に怒りを露《あら》わにしたのは、成匡ではなくその倅《せがれ》、宗七郎だった。

雄叫《おたけ》びをあげて斬りかかる。

「よせ、宗七」

二人の敵と刃を交えていた成匡は、すぐには加勢に行けなかった。

賊の親玉は体格がよく、力も宗七郎を上回っていた。

骨を断ついやな音がして、宗七郎が倒れた。ざっくりと胸から腹を斬られたのだ。

「宗七郎様っ」

駆け寄ろうとした謙吾より早く、晴姫がその身を投げ出した。

「兄上、しっかり」

倒れた宗七郎の上に覆《おお》い被《かぶ》さると、とどめを刺そうと剣を振り上げた首領の動きが止まる。晴姫を殺さず捕らえろと手下に言った手前、手が出せないのだ。

謙吾が姫の前に立ち、牽制する。すでに賊三人を切り捨てていた謙吾を警戒して、首領も間合いをとるため一歩退いた。

みるみる晴姫の着物が兄の血で濡れていく。

「謙吾、兄上をお願いします」

晴姫は素早く立ち上がると、道から逸《そ》れ、草むらの中を駆け下りていった。

「わたしは熊谷成匡の娘、晴姫。捕まえられるものなら捕まえてみればいい。このケダモノの、こんこんちきの外道どもめ！」

そう叫ぶと、賊の数人が追いかけていく。

「逃がすな！」

「そっちだ、回れ」

これで残りはあと何人もいない筈。父上と謙吾なら大丈夫。早く手当てをしなければ、兄上が死んでしまう。そう思うと、晴姫は必死だった。

「姫様、無茶です！」

芳乃たちも追いかけてきた。侍女たちもまた姫を守るという使命感に燃えていた。

「いいから、逃げて」

来るなと叫んだ。そう易々《やすやす》とは捕まるものか。

一心不乱に山の斜面を駆ける。ぬかるみに足をとられ、素足に枝が突き刺さったが、晴姫は走った。賊を引きつけるだけ引きつけて、逃げ切るのだ。

雨は弱くなっていたが、水分を吸い込んだ着物が重かった。ついに根に足を引っかけ、晴姫は派手に転倒した。

わたしが城だ。陥落すればこの戦いは負けだ。

泥だらけになりながら、なんとか立ち上がった。再び走りだそうとしたとき、背後で女の悲鳴が響いた。振り返ると、腹を突かれ、口から血を吐いた侍女が倒れていくのが見えた。賊は続いて、芳乃に狙いを定める。晴姫は絶叫した。

「やめてえぇぇ！」

凶刃に倒れた侍女の傍らで、芳乃が苦痛に顔をゆがめ、腹を押さえて震えている。

「捕まえたぞっ、ジタバタすんじゃゃねえ」

守りたい一心で、身を翻して戻った途端、あっさりと賊の一人に捕らわれてしまった。

晴姫は暴れたが、腕をひねりあげられ身動きが取れなくなる。

「姫様っ、誰か、姫様を！」

芳乃の声も虚《むな》しく、三人がかりで連れ去られそうになる。

「姫様っ」

謙吾が気づくが、次々と新手に斬りかかってこられ、助けに向かうことができない。

「誰がそなたたちの自由になんか……！」

肩に担がれそうになって、晴姫は賊の手に嚙みついた。

「ちっ、このアマ！」

平手で殴られる。そのはずみで晴姫は斜面を転がり落ち、何かにぶつかり止まる。

「隠れていろ」

声がして見上げると、ゆうべの雲水の姿があった。ぶつかったのは木の幹などではなく、この旅の僧の脚だったのだ。

「……法師様」

その目は冷たい光を帯びていた。全身から怒気がほとばしっているようだ。

「なんだ坊主か。邪魔すんじゃねえ」

「いいから殺《や》っちま――」

最後まで言い終わらないうちに、千寿の錫杖が唸りをあげた。賊の一人が吹っ飛ぶ。

「気に入らない」

千寿は目に見えて苛々《いらいら》していた。

残った二人の敵の顔が憤怒《ふんぬ》に変わった。血で濡れた太刀にぺっと唾《つば》を吐く。

振り下ろされた太刀を、千寿が錫杖で受け止めた。が、大柄な野武士が相手では、さすがに力では勝てない。千寿の身体は後方へ押される。

千寿はすぐに力勝負を捨て、身を翻すと錫杖で敵の脛《すね》を打った。

「い、痛えっ」

千寿は高く飛び、よろけた賊の脳天を錫杖で叩き割った。頭頂部が陥没し、眼球が飛び出る。もはや悲鳴をあげることもなく、男は血の泡を吹いて倒れた。

その間に、残った男が晴姫を左腕で押さえつけ、右手で細い首に刃をあてる。

「近寄るんじゃねえ。杖を捨てろ、小娘を殺すぞ！」

「やればいい」

千寿は即答した。

「お姫様が死ぬか、貴様が死ぬか。どっちが先か試してみてもいい」

晴姫は目を丸くした。この人はわたしたちを助けてくれるつもりがあるのか。

「法師様、助けてくださるなら、父のほうをお願いします。急がなければ兄が」

「殿様たちは、姫を助けてくれと言うだろう」

シャラン、と錫杖を鳴らし、千寿はじりと姫に近寄った。

「来るなっ、本当に殺すぞ」

押しつけられた刃で、晴姫の首の皮膚にわずかな血の線が走った。

「お姫様を放していけ。こっちは貴様の生き死になんぞ、知ったことじゃない」

千寿が静かな声で言う。賊は迷っているようだった。

「姫様っ、おのれえ！」

謙吾がふらつきながら斜面を駆け下りてくる。どこまでが自分の血なのか返り血なのか、着物が赤く染まっている。

「謙吾っ」

傷だらけで助けにきてくれた姿に、晴姫は泣きそうになった。

「おまえ、昨夜の……」

千寿に気づき、謙吾は目を見開いた。一瞬、複雑な表情を見せる。

「注意を引きつけておけ」

千寿に囁かれ、謙吾がごく小さく肯いた。剣を構え、賊ににじり寄っていく。

守るべき幼い顔が、泥と血で汚れていた。

「必ずお助けします。気を確かに」

謙吾の言葉に晴姫はこくりと肯く。

「父上は？」

「賊どもの首領と戦っています。まもなく斬り伏せることでしょう」

戦となれば成匡は鬼神のごとき男だ。謙吾は絶対の自信を持っていた。

「姫を放せば逃してやる。あとは追わない」

「信用できるか！」

謙吾の交渉に賊が咆《ほ》えた。姫を拘束したまま後ずさる。

そこへ、満身創痍《そうい》の成匡が駆け下りてきた。

「父上っ」

晴姫の目からどっと涙が溢《あふ》れた。

「残りは貴様だけだ。娘を返せ」

「まさか……」

男は信じられないというように息を吞んだ。成匡は山賊の首領を仕留めてきたのだ。

「くそっ、こうなりゃ、てめえらの前で小娘の首を切り裂いてやる！」

一人になったことで、男は腹をくくったようだ。怯《おび》えはもはやなく、せめて娘を殺して溜飲《りゅういん》を下げようとしている。成匡も謙吾も動けない。

そのとき——行き詰まりを打ち破るように、銃声が山に響いた。

男の眉間《みけん》に穴があく。その手から太刀が落ち、ぐらりと身体が揺れたかと思うと、そのまま仰向けに倒れた。

「晴っ」

成匡は娘をひしと抱きしめた。晴姫の頭は真っ白で、何も考えることができなかった。

やがて安堵から、幼子のように泣きじゃくる。

謙吾はかっと目を見開いたまま、ゆっくりと振り返った。

「おまえが――？」

雨の中、鉄砲を持って立っていたのは千寿だった。

千寿は一旦、木の陰に隠れて銃の準備をしていたのだろう。そして晴姫を楯《たて》にとる賊を一発で仕留めたのだ。

「何者なのだ……おまえは」

謙吾は問いかける。感謝よりも驚きが先立っていた。なによりこの雲水が持っている鉄砲は、火縄銃ではないのだ。

晴姫も成匡も驚愕《きょうがく》の目を向ける。千寿の頭からはとっくに網代笠も手ぬぐいもとれてしまっていた。背中まで覆う豊かな髪が濡れている。

「わたしの身の上話を聞いている暇があるのか。怪我人が大勢いるようだが」

千寿に指摘されて、謙吾は我に返った。山賊一味を倒したとはいえ、被害は大きい。

「法師様が……」

晴姫は茫然《ぼうぜん》としながらも、千寿に向かって深く頭を下げた。

（この人が〈天女〉だったんだ……）

今更隠してもしょうがないというように、千寿は濡れた髪を搔き上げた。赤い髪がぱらり、と雫《しずく》を落とした。

第二章　鉄砲天女

1

熊谷八郎成匡《くまがいはちろうなりまさ》は、侍女を含め七人の家臣を失った。

成匡自身も浅からぬ傷を負い、残った者たちも無傷ではない。中でも、四男宗七郎《そうしちろう》の傷は深く、今なお危険な状態にあった。

昨夜と同じ宿場は、惨事を悼むように静まりかえっている。ほとんどの者たちは、しばらくこの地で療養するしかない。痛みに呻《うめ》く声とすすり泣きが、千寿《せんじゅ》の耳にも届いた。

花嫁行列を襲った不幸はこれだけでは済まないだろう。上洛《じょうらく》が遅れれば、関白の怒りを買うかもしれない。嘆いている余裕はないのだ。善後策を誤ればお家存亡に関《かか》わる。

（どうするつもりなのか……）

二階の窓から遠くの蛍を眺めつつ、千寿は吐息を漏らした。重く、長い夜になる。

「黒崎謙吾《くろさきけんご》だ。よろしいか」

廊下から声をかけられた。

「どうした」

一部屋を与えられた千寿は今、髪を下ろしたままにしている。赤髪を知らない者が謙吾と一緒にいるなら、隠さねばならない。

「我が主《あるじ》がお礼を言いたいと。こちらへお連れしてよろしいか」

礼など不要、と言い返そうとしたが、おそらくそれだけではないのだろう。

「わかった」

寝具を寄せ、千寿は小袖《こそで》の胸元を直した。まもなく成匡と謙吾が部屋へ入ってきた。

「……お怪我《けが》は」

成匡は頭にも腕にもさらしを巻いていた。おそらく着物の下もだろう。今も見るからに案配が悪そうだった。本当は動くのも辛《つら》いのだ。

「かすり傷でござる」

武将の誇りにかけても痛いなどとは口にしないのだろう。どっかりと千寿の前であぐらをかき、深々と頭を下げる。

「此度《こたび》は世話になった。どれほど礼を言っても足りぬ。熊谷八郎成匡、慚愧《ざんき》に堪えん。そこもとに助けられていなければ、今頃は……」

考えただけでも恐ろしかったのか、成匡は膝《ひざ》の上の拳《こぶし》を震わせた。

「晴姫様《はるひめ》は」

「宗七郎についておる。あれは……助からぬだろう」

成匡がつぶやくと、背後に控えていた謙吾が気色《けしき》ばんだ。

「お館様《やかた》、そのようなことはっ」

「宗七郎とは乳兄弟だったな。おまえも辛かろう。だが儂《わし》にはわかる……天命だ」

息子のことだというのに、成匡は冷静だった。いかに辛くとも、すべてが片づくまでは嘆くことはしない。武将とは、人の上に立つ者とは、こういうものかと千寿は感心する。

若い謙吾は歯嚙《はが》みして俯《うつむ》く。無念を隠そうともしない。

「命を落とした者たちのために、経もあげてくれたそうだな」

寺で生まれ育っただけに経はしみついていた。焼け落ちていなければ、今頃は僧籍に入っていたのかもしれない。

「ご覧のとおり、実際は僧とも呼べない者です。粗末な経で申し訳ない」

背中を覆う長い髪は、頼りない灯に赤く揺れる。人前でこれだけ堂々と、生まれたままの髪を晒《さら》すのも久しぶりだった。

「そこもとは南蛮人か」

「……片親が。わたし自身は生まれも育ちもこの国の者です」

貿易商や宣教師など、やってきた南蛮人がその土地の女を孕《はら》ませることはそう珍しくない。彼らは長い船旅で女っ気のない生活をしているのだ。だが、たいていは孕ませるだけで去ってゆく。

そういうことなのだろうと、成匡も謙吾も納得したようだった。

「さようか。さぞ苦労なされたのだろう」

「まあ……それなりに」

遊女が産み捨てた、異人の血を引く哀れな父《てて》なし子——誰でもそう思う。その想像を訂正する必要もない。

明らかにこの国の者とは外見が異なる母は、苦労しただろう。だが、千寿は髪の色以外は違和感を与える容姿ではなかった。旅に出る前に、いっそ剃髪《ていはつ》して本当の坊主姿になろうかとも思ったが、この髪を見せてやりたい相手がいる。しかし長い髪を隠すのに都合がいいので、結局は偽僧となった。

「姫様は最初から、千寿坊殿を異国の方のようだとおっしゃっていた」

謙吾の言葉に千寿は驚いた。あの姫君はなかなかどうして油断できない。

「わたしなどより、大変なのはそちらだ。これからどうなさるおつもりですか」

千寿に訊《たず》ねられると、成匡も謙吾も押し黙った。

「……幸い、娘の怪我は打ち身とかすり傷程度。すぐにでも京に届けなければならぬのだが、儂もこのような有り様でな。しばらくは一人で歩くこともままならぬ」

単身で賊八人を成敗した成匡は満身創痍《そうい》だ。国許《くにもと》の嫡男に使いを出し、事の次第をしたためた書状を届けたようだが、助けが来るにはまだ幾日もかかる。

「越中守《えっちゅうのかみ》からは謝意と見舞いをいただいた。関白の側室が領地内で襲われたというのだから、あちらも慌てておられるようだ。医者と薬も送り込んでくれたし、宿場では満足に療養もできぬだろうと、寺も借り受けてくださった。しかし、問題は輿入《こしい》れだ」

千寿は肯《うなず》いた。

「これがただの輿入れであれば、災難で済むだろう。だが、山賊ごときに襲われて娘を差しだせなかったとなれば、関白の勘気に触れ、それがしは切腹、当家は取り潰《つぶ》しとなるやもしれん。とにかく、晴だけでも先に聚楽第《じゅらくだい》へ届けねばならない」

そこでお願い申す——と、成匡はまた畳に張りつくほど深く頭を下げた。

「お館様っ」

謙吾がうろたえる。主君が旅の偽僧にここまでして頭を下げているのだ。

「千寿坊殿に、我が娘を守り、送り届けていただきたいのだ。どうか、京まで」

千寿は居心地が悪そうに頭を掻《か》いた。

「大切なお姫様を、わたしのようないかがわしい馬の骨に託すとおっしゃるか」

おまえもそう思っているんだろう、止めなくていいのか、と傍らの謙吾にちらりと目をやる。丁寧な言葉遣いに、我ながらいい加減むずむずしてきた。

「こちらの……黒崎謙吾をつける。何かあったら今の我らだけでは守りきれない。動けるようになり次第あとを追うが、それまで晴をどうか。礼は充分にするつもりだ」

つけるって言ってもな……千寿はため息をつく。

「こちらの方も、怪我をされているようですが」

お荷物が増えるだけだ、とまでは言わないでおいた。

「私の傷など浅い。それより――千寿坊殿にお訊ねしたい」

謙吾は険しい表情で向き直った。ごまかせそうにない強い眼差《まなざ》しだった。

「まず……あの鉄砲は何故《なぜ》、雨の中でも弾を放つことができたのだ？」

素知らぬふりをしていたかったが、この若い侍は見のがしてくれないようだ。

「火縄ではないからだ。見るか？」

鉄砲が伝来して数十年。格段の進化を遂げてはいるが、火縄銃は濡《ぬ》れれば使えない。

千寿は脇《わき》に置いた刀袋から銃を取りだし、謙吾に渡した。

「これは……このようなものは見たことがない」

銃を手に取った謙吾も、成匡も驚嘆する。

千寿の鉄砲は二尺に満たない。銃身も短く、火縄の部分がなかった。

「育ての親が鉄砲鍛冶《かじ》で、これを遺《のこ》してくれました。おそらくこの世にただ一つの物でしょう。たださすがに大雨では使えません」

雨の中でもそこそこ使えるというだけではない。実は他《ほか》にも、従来の火縄銃では不可能だったことができるのだが、ここでわざわざ語る必要はない。

「しかし、これは大変な物だ。わかっておるだろう、その意味が」

成匡に言われずとも、誰より千寿がわかっている。陸奥《むつ》からついてきている忍びも、千寿を追っているのではない。本当の狙《ねら》いはこの銃なのだ。

「親父《おやじ》様は、これに〈でうす〉という神を意味する名をつけました。それほど素晴らしく、なおかつ危険という意味を込めたのでしょう」

でうす——養父の小三郎《こさぶろう》はおそらく、偉そうな名前であれば如来《にょらい》でも明王《みょうおう》でもよかったのだろう。ただ、南蛮から渡ってきたこの武器に敬意を表したのだ。

切支丹《キリシタン》が聞けば、不快感しか持たないのではないかと千寿は思う。もっとも自身は切支丹でもなんでもないので、知ったことではないが。

「でうす、か。なるほど」

「この鉄砲のことは胸に秘めておいていただきたい。今日のことを恩義に感じてくれているなら、礼はいらない。ただ生涯、他言無用でお願いする」

名前はともかく、こんな銃が量産されれば、天下はあっさりとひっくり返るかもしれない。それほど剣呑《けんのん》な代物だ。

「本来なら製造方法を伝授していただきたいところだが……それも訊《き》いてはならんという

ことだな」

「残念ながら、わたしは造り方を知りません。知っていたとしてもお教えすることはありませんが。ともあれ、忘れてください。関わっていいことはない」

姫の護衛どころか、自分と銃の存在こそが却《かえ》って災厄を招くかもしれない――そういう意味を込めて千寿は続ける。

「さっきの用心棒の話は、聞かなかったことにしておきましょう。わたしと熊谷様の間にはなんの関係もない。そのほうが互いのため」

鉄砲を刀袋に戻す。先ほどより天井からいやな視線を感じていた。

「部屋をとっていただいたこと、感謝いたします。おかげで今宵《こよい》はゆっくり眠れます。疲れておりますので、もうよろしいでしょうか」

わざと突き放すような口調で告げた。熊谷の者たちは不安と悲しみ、怪我の痛みで眠れぬ夜を過ごすのだろうが、自分は違う。そう強調しておきたかった。

謙吾が腰を浮かせる。それだけ千寿の言い方に怒りを覚えたのだろう。

「護衛のことは、朝までに決めていただければけっこう。では、失礼いたす」

成匡はまだ諦《あきら》めていないらしい。若い家臣に支えられ、部屋をあとにした。

一人になると、またどこからかすすり泣く声が聞こえてきた。

成臣が千寿に期待する気持ちもわかる。だからこそもっと強く断っておくべきだった。

——太閤《たいこう》殺しの大罪人になるかもしれない身だからな……。

まだわからない。すべては京に着いてから。何度も自分にそう言い聞かせる。恨みを消せるならそれに越したことはない。私怨《しえん》で世の中を乱す権利など、誰にもないのだ。

「嘘《うそ》はいかんな、千寿」

どこからともなく声がした。あのいやらしい声だ。

「この世でただ一つの鉄砲の威力、しかと見せてもらった」

千寿は銃を入れていた刀袋をしっかり摑《つか》んで、天井を睨《にら》みつけた。

この男はずっと尾《つ》けてきたのだ。あのとき加勢すれば、刀袋の中身を確認されることになる。わかっていたのに、晴姫を放っておけなかった。

「失《う》せないと、ぶっ放すぞ」

「火種《ひだね》の必要がなく、すぐ撃てるわけか。素晴らしい。殿が聞いたらどれほどお喜びか」

この男の主君も、天下取りに色気があるのか。確かに、この銃が大量に造られれば、豊《とよ》臣《とみ》、徳川《とくがわ》以外が天下の覇者となるのも、ありえないことではない。

男の名は——幻刃《まぼろは》。

陸奥の伊達《だて》家が誇る忍び集団、黒脛巾組《くろはばきぐみ》の者だ。千寿は蛇蝎《だかつ》のごとく嫌っているが、知らぬ仲でもない。

何故、もっと力尽くで奪い取らない？

――簡単なことだ。銃の持ち主も生かして捕らえたいからだ。

津田《つだ》小三郎の養い子、千寿。彼女ならば製法を知っているのではないか。あるいは図面を隠し持っているのではないか――奴《やつ》らはそう考えている。

だが、鍛冶の技術を伝えられなかった千寿は、その期待に応《こた》えられない。図面は稀代《きたい》の鉄砲鍛冶・津田小三郎の頭の中にしかなかった。何も残さない男だった。

だが、追っ手が誤解しているうちは、少なくとも千寿の命が狙われることはない。彼らの思い込みは、今後の千寿にとって担保になる。

「眠い。ずっと覗《のぞ》き見《み》している気か、おまえは」

「寝姿か。それもいいな」

袋に入ったまま銃口を上に向けた。

「……今日はいろいろあったから、気が立っている」

「くわばらくわばら。では退散するとしよう。次からは遠慮はせんぞ。命じられれば、おれはおまえを殺す。覚えておけ」

「忍びならば当然だ」

知らぬ仲でもないが、今、互いに情は必要ない。

「ふん……。あの小娘は京になど、行かぬほうがいいのではないか。関白には関わらぬほうがいい」

天井から気配が消えた。が、あの男の言うことは、爪《つめ》の先ほども信じていない。千寿は鉄砲を身体《からだ》に結びつけた。灯を消し、銃を抱きしめたまま横になった。いつでも動けるように、薄い小袖のまま眠る。

関白に関わるな……幻刃は何を思ってそう言ったのか。それだけは気になった。何か知っているのか。向こうは大名の密命を受ける忍びだ。多くの情報を持っているだろう。わざわざ忠告を残したことに、千寿はひっかかっていた。

——お願い申し上げる。

部屋の隅に、白い人影が浮かんだ。ざんばら髪の若い男がこちらを見つめている。

——どうか妹を。

声なき声で、若者は言った。実体ではない。だがこれは晴姫の兄、熊谷宗七郎だ。血まみれで運ばれていく姿を千寿も見ている。

——どうか……。

まもなく宗七郎が消えた。入れ替わるように、晴姫の慟哭《どうこく》が響いた。

「兄上ぇぇぇ、いやです、目を開けてください！」

宗七郎が息を引き取ったのだ。

（最期《さいご》に、生き霊となって頼みにきたのか……）

やりきれない思いで、千寿は嗚咽《おえつ》に背を向ける。

宿を覆う悲しみで、ことさらに闇《やみ》が重い。

窓から入ってきた蛍が、部屋を舞っていた。

2

朝から弔いとなった。

夏場でもあり、亡骸《なきがら》を国許まで運ぶことはできない。遺髪と遺品だけ残して、この地に埋葬することになったようだ。宿場の者も手伝い、慌ただしく死者を送り出す。

二十歳《はたち》にもならない息子を亡くした男は、さすがに憔悴《しょうすい》の色が濃い。それでもしっかり指示をし、誰よりもよく働いている。

千寿はその様子を窓から眺めていた。飯は部屋に運んでもらい、一人で過ごしている。明日から焼けるような陽射《ひざ》しの中、また髪を隠し、笠《かさ》をかぶって歩くのだ。こうして開放されているのは今のうちだ。花だって鳥だって色とりどりなのだから、人も髪くらいどんな色でもよさそうなものだが、開き直って歩けば、追っ手への目印になってしまう。

小三郎と二人で過ごした山暮らしが懐かしかった。

「失礼する」

声と同時に戸が開けられ、千寿は慌てて、くつろげていた小袖の裾《すそ》を直した。

「いきなり開ける奴があるか」

ずけずけと入ってきた謙吾に文句を言う。

「偽坊主から鉄砲が出ようが大砲が出ようが、なも驚かん」

謙吾の目は腫《は》れていた。宗七郎とは乳兄弟と、ゆうべ言っていたことを思い出す。

「姫の用心棒を引き受けたそうだな」

「不満か」

「ゆうべはにべもなく断っておきながら、どういうつもりだ」

「再考を求めておきながら、どうして怒る」

主君と意見が違うようだが、千寿には理解しがたい。

「お館様がなんとおっしゃろうと、おれは貴様を信用できん」

「殿様にそう言えばいい」

腹立たしさを隠そうともせず、睨みつけてくる。

「わたしは京を目指している。目的の場所が同じだからかまわないか、と思っただけだ。

関白の花嫁一行なら関所も楽だ。礼金も弾んでくれるそうだしな」

おまえの乳兄弟からも頼まれたからな、とは言わない。言えばこの男は余計に怒る。信用されていない以上、たちの悪い軽口にしか聞こえないだろう。

「お館様のご命令だ。同行は認める。だども、あやしげな真似《まね》をしたら叩《たた》き斬《き》る。若の分も……姫はおれが守らねばならぬのだ」

「けっこう。その意気だ」

謙吾の言葉にまじる出羽《でわ》の素朴な訛《なま》りが、隣国陸奥で暮らした千寿には心地よかった。千寿はこの男を好ましく思ったが、どうやら向こうには嫌われているようだ。今も苦虫を噛《か》みつぶしたような顔をしている。おそらく、謙吾には千寿が年下に見えているのではないか。だとすればさぞ生意気に映るに違いない。

「……姉の芳乃《よしの》がどうしても直接、姫のことをお願いしたいと言う。ご足労だが部屋まで行ってもらえるか」

晴姫付きの芳乃は身籠《みご》もっているとわかり、絶対安静となった。花嫁道中の前にわかっていればよかったのだろうが、この侍女も姫に似ておっとりした性格らしく、今日になって医者に診《み》てもらうまで、まったく気づいていなかったらしい。

言われるままに、芳乃がやすんでいる部屋へ行く。

千寿を見ると、芳乃は床から起きようとした。

「ああ、いいから。横になったままで」

芳乃は身重のまま歩き続けていたのだ。その上での昨日の惨事。大事に至らなかったのは幸いだった。

「すみません、千寿坊様……」

「坊も様もいらない。ご覧のとおりの偽坊主だ」

芳乃は横になったまま微笑《ほほえ》んだ。

「姫様がおっしゃっていた〈天女〉というのは、あなた様のことだったのですね」

千寿は頰《ほお》を掻いた。

「空は飛ばない。川で身体を洗っていただけなんだが」

「月夜に煌《きら》めく川で蛍を自在に操り、輝くような赤い髪をしていました。あんな美しい人がただの人である筈《はず》がありません。あれは月から降りてきた天女か、でなければ蛍の精です――姫様はそうおっしゃっていました」

姉の言葉に謙吾がかぶりを振る。

「天女というなら、我らが山賊に狙われていることを教えてほしかった。あのような……何故あのような」

「おやめなさい。千寿様が助けに来てくださらなければ、姫様は殺されていました」

姉に叱《しか》られ、謙吾は恥じたように唇を引き結ぶと、部屋を出ていった。

「あれは、宗七郎様とは実の兄弟以上に仲良くさせていただいておりました。共に元服もして……まだ気持ちが収まらないのでしょう。姫様を救ったのがあなた様であることも、家臣として悔しいのかもしれません。失礼いたしました」

　さても武士とは面倒くさい。若いだけに尚更《なおさら》一本気なのだろう。

　芳乃は子を宿した腹に手を置き、目を伏せる。

「兄上を亡くされたばかりなのに、姫様はわたしに、おめでとう……と。わたしはこれ以上、お供できそうにありません。姫様をお願いいたします。お守りください」

　芳乃の目から涙が伝い落ちた。

　お家安泰は悲願だろうが、それ以上に姫を思う気持ちが伝わってくる。

「やや子を守るのが母の務めだ。これより、わたしが芳乃殿に代わって晴姫を守ろう」

　芳乃は肩を震わせ嗚咽を漏らした。母になろうとする女の姿に思うことは多い。

「ありがとうございます……なんのお礼もできず」

「礼金はくれるそうだぞ。それに姫君から、でかくてしょっぱい握り飯をもらった。それで充分だ」

　不恰好《ぶかっこう》でやたら大きな飯の塊を思い出し、千寿は少し笑った。どうせお節介な性分だ。関係ないなどと突っ張ったところで無駄というもの。こちらの事情で却って迷惑をかけることもあるかもしれないが、そのときはそのときだ。そう決めたら千寿も気が楽だった。

　翌朝、千寿は晴姫、黒崎謙吾、そして急遽《きゅうきょ》雇った仁吉《じんきち》という歩荷《ぼっか》と共に宿場を発《た》った。

　熊谷成臣はもちろん、残ったすべての家臣が怪我をおして花嫁を見送った。姫を頼むと何度頭を下げられたかわからない。

このような状況で輿入れしなければならない晴姫の心情は、いかばかりか。しかし姫は別れ際、涙一つ見せなかった。笑顔で「絶対に大丈夫だから」と繰り返した。

「見ていてください。わたし、父上や兄上や皆に難儀をかけるようなことはしません。関白様の子どもだって、ばんばん産んでみせますから」

そう宣言した晴姫の恰好は、元服前の若侍そのものだった。襲われにくくするため、また万が一のときに動きやすいようにと、男のなりをしたのである。死んだ兄の袴《はかま》と小袖を直し、腰には刀を佩《は》いた。関白の花嫁は男に化け、歩いて輿入れするのだ。

そうやって凜々《りり》しく旅立った晴姫だが、半刻《はんとき》もたたぬうちに泣いていた。父親たちの姿が見えなくなり、気が緩んだのだろう。

「姫……」

なんと言葉をかけていいかわからずにおろおろする謙吾の袖を引っ張り、千寿は囁《ささや》く。

「そっとしておけ」

「だが、姫はまだ幼く、かよわき女子《おなご》なのだ」

千寿には晴姫がかよわいとは思えなかった。自分に与えられた宿命に立ち向かおうとしている姫君は充分に勇ましい。うっかり涙を見せたとしても、気づかぬふりをするのが礼儀だ。女でも、幼くとも、意地はある。

「今は一人の侍だ。そのように扱わねば、肝心なときに馬脚をあらわす」

少女の誇りを理解するには、謙吾の頭はまだ固すぎる。千寿は理由を言い換えた。

「……わかった」

しばらくは黙々と山道を歩いた。

晴姫も、重い荷物を担ぐ仁吉もへこたれることはない。成匡にも引けをとらない大男の仁吉などは、なんなら姫も乗せてやると言いそうなほど楽々と行く。

陽《ひ》に焼けた無骨な男だ。九州から歩荷として雇われ、出羽北部の秋田《あきた》氏まで行った帰りだという。身分を証明するものを持っており、確かにそれらしき南の訛りがあった。

だが、千寿は仁吉をまだ完全には信用していない。幻刃の仲間という可能性もあると警戒していた。その土地の言葉を操ることを得意とする忍びもいる。

見知らぬ者をむやみに信じないのは当然だ。謙吾が千寿を信用しないのも、いいことだと思っている。もっとも、その不信を昨夜、謙吾が主君の成匡に進言したら、

『命の恩人を信じなくて、誰を信じるというのだ』

と、あっさりと返されたようだ。義と剛を重んじる。武将らしい武将だった。

まあ、仮に仁吉が黒脛巾組だったとしても、晴姫に仇《あだ》なすことはないだろう。なにしろ関白の花嫁だ。迂闊《うかつ》なことをすれば、豊臣に弓ひくことになる。なんであれ、歩荷としては優秀な男なのだから、あとはこちらが気をつければ済むことだ。

一昨日、賊に襲われた場所まで来ると、姫は手を合わせた。雨に流されたようで血の痕《あと》はほとんどない。それでも折れた刀や草木の倒れ方などが、死闘のあとを思わせた。少し離れたところで鴉《からす》が群れている。おそらく、賊の亡骸がそこに捨てられたのだろう。

「姫、先を急ぎます」

昨日一昨日と、降ったりやんだりしていた雨のせいでひどく蒸す。謙吾は汗を拭《ふ》きながら、晴姫に先を促した。この場を通ることは謙吾にとっても辛いのだ。

「はい。参りましょう」

気丈に応え、晴姫はもう振り返らなかった。この山を越えるだけで、少女は強くなる。山道を下り、南へ南へと向かう。きつい西陽に耐え、陽が沈みかけた頃、ようやく次の宿場に到着した。

そこは前の宿場より大きく、賑《にぎ》わっていた。

関白の花嫁が山賊に襲われたことは、ここでも噂《うわさ》にのぼっていた。一行は全滅しただの、当の姫も死んだらしいだのと流言を囁く者までいる。真贋《しんがん》併せて情報は入り乱れていた。それらの噂が関白の耳に届かないうちに、なんとしても上洛しなければならなかった。

仁吉も含め、皆で夕餉《ゆうげ》をとった。

ずっと食事が喉《のど》を通らなかった晴姫も、よほど疲れたのかよく食べた。窓から蛍の光が見えるようになると、姫は思い出したようにあっと声をあげた。

「そうだ、あのときの天女は千寿様だったんですよね。それなのに……ひどいです」

しらをきったことを怒っているのだ。晴姫の頬がぷくっと膨らんで見える。

「わたしです、と言うわけにもいかなかったからな」

「それは、そうですけど……わたし皆に、夢見てるって笑われたんですから」

謙吾にもだ。晴姫はちらっと隣の若者に目をやった。

「いや、天女と見間違えるなど、おれにはどうも……」

天女というからには、それは見目麗しい女であるべき――そう言いたいのだ。

「わたしの裸はそんなに美しかったか」

「はい。それはもう！」

姫のとんでもない発言に、謙吾が慌てふためく。はずみでひっくり返しそうになった膳を、仁吉が素早く寄せる。

なにやら揉《も》めている主従をしりめに、仁吉は食事を終え、やすませていただきます、と一言告げてそそくさと出ていった。千寿はそのあとを追う。

「仁吉殿、少しいいか」

「殿は勘弁してくださらんかね、法師サマ」

雲水姿の千寿を仁吉はそう呼ぶ。偽僧であることには気づいているようだが。

「各地を旅していると、さぞ面白いことを見聞するのだろうな」

「少なくとも雇い主の姫様んことは、いっさい漏らしやしませんけん、ご安心を。ばってん、面白かといえば法師サマたい」

筑前《ちくぜん》あたりだろうか。あまり聞き慣れない方言が出る。

「わたし？」

「黒崎の旦那《だんな》には、話したらいかがですか。……さあて、厠《かわや》に行きたかけん、これで」

話を終わらせて仁吉は立ち去った。賑わう宿の廊下だ。まさか黒脛巾組の者か、と単刀直入に訊くわけにもいかず、千寿は引き留められなかった。ただ、あの男が刀袋を気にしている様子はまったくない。ならばおそらく、黒脛巾組ではない。

実をいえば千寿には、黒脛巾組以外にも、もう一つ漠然とした心当たりがある。正体は不明だが、陸奥で〈赤い髪〉の者を探っていた男がいたらしいのだ。

（……考えすぎか？）


この宿場には共同の温泉があり、小さいが女客専用の湯殿もあった。旅の高貴な女人が貸し切ることもままあるらしい。

これを姫のために半刻ほど貸し切りにしてもらった。誰でも出入り自由な風呂《ふろ》では安心できないからだ。故郷を出立してからずっと、盥《たらい》で身体を清め、髪も拭くくらいしかできなかった晴姫に、ゆっくりしてもらおうと謙吾が尽力したようだ。

「最上《もがみ》の姫様も浸《つ》かったお湯だそうです。疲れにもたいそう効くとか」

「駒姫《こまひめ》も使われたのですか。久しぶりのお風呂で嬉《うれ》しい。行きましょう、千寿様」

謙吾が固まった。なぜ誘うのかと困惑が顔に張りついている。

「ああ、こやつに風呂の見張りをさせるのですね」

千寿と晴姫は顔を見合わせた。

「いや、一緒に入ろうと言ってくれたのだし、甘えさせてもら——何をする！」

突然、振り下ろされた刀を、千寿はとっさに錫杖《しゃくじょう》で受け止める。

「き、貴様、なんという……許さん！」

謙吾は目を血走らせ、唇を震わせている。

「静まりなさい」

家臣を叱責《しっせき》すると、晴姫は申し訳なさそうに千寿を見た。

「千寿様、やはり謙吾は気づいておりません」

確かに宿で刃傷沙汰《にんじょうざた》は困る。仕方ないな、と千寿は謙吾の肩に腕を回し、部屋の隅に連れていく。若い侍は握った刀を離さない。その耳に吐息を吹きかけるように囁いた。

「わたしは女だ」

ほれ、と小袖の襟元をはだけ、白く膨らんだ乳房を見せてやる。

返事はなかったが、謙吾の手から刀がすべり落ちて床に刺さった。千寿は振り返った。

「姫、黒崎殿はわかってくれたようだ。では、ゆっくり湯を楽しませてもらおう」

動かない謙吾を残し、風呂の支度をする。いかなるときも鉄砲だけは身から離さない。

だが、いかに火縄ではないとはいえ、湿気の多いところへ持っていくのは気を遣う。

「でも不思議ですね。謙吾が気づいていなかったなんて。わたし、あんなに〈天女〉を見たと言ったのに。殿方の裸を見たら、いくら綺麗《きれい》でも別の言い方をします」

千寿は困ったものだと大きく息を吐いた。今朝会ったばかりの仁吉ですら、自分を女だと気づいていたのに。今日はもう声を低くする努力もしていない。それに男の姿で旅をする女もそう珍しくはない。

「熊谷様も芳乃殿も、ちゃんとわかっておられたぞ。だからこそ、あれほど熱心に用心棒の依頼をしてきたのだ。女同士であればいつでも一緒にいられるからな」

「謙吾はちょっと頭が固くて……芳乃も嘆いていました」

「ああ、姉ちゃんにも怒られていたな。仕方ない、まだまだ尻《しり》が青いのだ」

千寿が言うと、晴姫は複雑な表情でつぶやく。

「千寿様も……胸まで見せなくてもよろしいのでは」

「ん、下のほうがよかったか?」

「それはちょっと……」

そんな話をしながら、女二人は部屋を出ていく。残された男が動けるようになるまでは、もう少し時間が必要だった。

夜の風呂は暗い。小さな窓から、月明かりがほんのり湯殿を照らす程度だ。

千寿は鉄砲を油紙に包み、紐《ひも》をつけ、手首とつないで洗い場の隅に立てかけた。温泉の成分によっては金属の腐食の原因にもなる。川や雨より気をつけなければならない。

謙吾に預けるよう晴姫には言われたが、そういうわけにもいかない。黒脛巾組は、千寿や晴姫にはそうそう手を出さないだろうが、姫の護衛の家臣程度なら殺してでも奪おうとするだろう。謙吾も腕はたつのだろうが、相手は手練《てだ》れの忍びだ。勝てるとは思えない。

「千寿様は、なにゆえ京へ向かわれるのですか」

晴姫はそう訊いてから、すぐに不躾《ぶしつけ》な質問でしたと両手を振った。若い女が一人、男の恰好をしてまで長旅をしようというのだから、よほどの事情があると考えるのが普通だ。

「かまわん。答えられないことは言わない」

はい、と晴姫は千寿の話を待った。

「鉄砲鍛冶だった育ての親が、この春、病で死んだ。だから京に行くことにしたのだ。そこには、わたしの母を殺した男がいる」

晴姫は息を呑《の》んだ。

「仇討ちをするのですか」

「わからん。誰にも言い分はあるだろう。向こうの話を聞いてから決める。……このとおり剣呑な〈天女〉ですまないな。京に着いて姫を安全な場所へ預けたら、そこでお別れだ。わたしは災いになるかもしれない。だからそこからは、会っても決して話しかけるな」

話しながら思う。きっと自分は太閤を殺したいのではない。ふんぎりをつけたいのだ。とはいえ、仇の名を言えば、晴姫はひっくり返るだろう。

（口が裂けても言えないな……こればかりは）

姫もそこまでは訊いてこない。育ちのよさか、越えてはならない一線は守ってくれる。

「黒崎殿も聞こえたな？　よろしく頼む」

湯殿の入り口で番をしているであろう謙吾にも声をかけた。そこは若くとも忠臣だ。男だと思っていた相手の乳房を見せられた衝撃からは立ち直っていなくても、姫を守るという任務にはしっかりついているのだろう。

「し、仕事が終われば無視だ！　頼まれても関わったりせん！」

千寿は笑って、けっこう、と応じた。

3

死に別れたときは、九つくらいだっただろうか。

それでも母の記憶は鮮明だった。美しく、儚かった。ときどき口ずさむ歌は、異国の子守歌のようだった。

おそらく千寿の母ほど、波瀾万丈《はらんばんじょう》の人生を与えられた者はいないだろう。遥《はる》か南蛮の国で魔女と呼ばれ、殺されかけ、ついには見たこともない遠い国へ連れてこられて、炎の中で死んでいった。

母のあまりに悲しい生涯を思えば、このままでいい筈がない。

それが、千寿を京へと向かわせている。

親父様がいなくなった今、仮に太閤殺しの咎人《とがにん》として処刑されたところで、誰に迷惑がかかるわけでもない。唯一の関係は自ら断ち切ってきた。

そのためにも、この鉄砲は必要だった。陸奥の忍びなどにくれてやれるものではない。

津田小三郎は鉄砲鍛冶を辞めるつもりだったのだ。だが、幼い千寿を抱えたことで、仙人のように暮らすというわけにもいかなくなった。もちろん、鉄砲造りへの抗《あらが》いがたい葛《かっ》藤《とう》と情熱もあっただろう。

　結局、陸奥の山中に柴《しば》の庵《いおり》を結び、主に山での狩りと、猟師たちの鉄砲を直すことで生計をたてていた。出羽のマタギに招かれ、しばらくそちらに滞在したこともあった。噂を聞きつけた伊達家から召し抱えたいという誘いもあったが、あっさりと断っていた。小三郎が病を得て、あまり動けなくなってからは、千寿がさかんに狩りをして、いつしか養父も舌を巻くほどの鉄砲の名手となっていた。

　新しい鉄砲の試し撃ちは、すべて千寿に任された。千寿の意見を取り入れ、小三郎は試行錯誤の末、世界にただ一つのこの銃を完成させた。

　火種なしで火薬に火をつけるため、小三郎はまず燧《ひうちいし》石を使って点火する銃を造った。火花の強い燧石がなかなか手に入らず、そこに苦労した。これだけでも充分すぎるほど最新の技術だが、小三郎は満足しなかった。寝食を忘れて作業に没頭した。

　一度撃つたびに巣口から弾丸と火薬を込めるというやり方では、どんなに手慣れていても射撃間隔が開く。弓矢に負けるようでは実用性が足りない。

　一回分の弾と火薬を紙で一式にして、歯で破って使う早合《はやごう》を巣口から入れるやり方もある。それを破ることなくそのまま銃の後ろから入れられれば、射撃間隔はぐっと短くなる。だが、そうなると燧石の点火方式では解決できない。

　命中精度を保ちつつ、より早く簡単に撃てる。もちろん雨でも使える。……そんな鉄砲でなければならないのだ。

貪欲《どんよく》に追い求め、改良に改良を重ね、ようやく納得できるものを造り上げ、津田小三郎は満足して死んだ。おそらく世界より数十年か数百年進んだ銃だっただろう。

だが、あらゆる因果を背負い込んで生まれた娘の養父としては、死んでも死にきれなかったに違いない。その困った娘は、太閤暗殺の野望を胸に秘めていたのだから。

小三郎の死後まもなく、新しい銃の噂が伊達にまで伝わり、黒脛巾組が動いた。黒い脚絆《きゃはん》を身につけたことからこう呼ばれた部隊は、政宗《まさむね》が誇る草である。始まりは武芸に秀でた百姓から選び抜かれた者たちだったが、今では情報収集や撹乱《かくらん》などで各地を飛び回っているという。小三郎は彼らの鉄砲も修理することがあった。仕える気はなくとも、武将としての伊達政宗を尊敬していたようだ。だからこそ、陸奥を終《つい》の棲処《すみか》としたのだろう。

このまま同じところにとどまれば、唯一無二の銃を奪われる。それ以外にも事情がある。

……赤い髪の娘が、この場にいるわけにはいかなかった。

千寿は考えに考え、ついに陸奥を飛び出した。そしてどこへ行くのかといえば、やはり京しか頭に浮かばなかったのだ。

「千寿様、千寿様——？」

晴姫の声に、はっとして顔を上げた。

「謙吾が休憩しようと申しております。どうなさいますか」

「あ、ああ……」

それがいい、と千寿は答えた。

今日は特に暑さが厳しく、つい朦朧《もうろう》として昔のことに囚《とら》われていた。

鍛えた自分でもこうなのだから、晴姫や重い荷物を運ぶ仁吉は、もっときつい筈だ。

晴姫は足手まといになるまいと懸命に歩いている。細い道では千寿と謙吾に挟まれて歩く。少年姿も板についてきた。逞《たくま》しい花嫁になりそうだった。

「男のなりをしていてよかったです。長い髪が背中やうなじを覆っていると、それだけで暑くて。男なら裸で歩いてもいいんですよね、ずるいなあ」

晴姫は手ぬぐいでごしごしと汗を拭く。後頭部で高く結んだ髪型が気に入っているようだ。輿入れを前に男らしくなりつつある姫君を、不安そうな目で若い家臣が見つめていることなどおかまいなしだった。

日陰をこしらえている大きな木の下に荷物を置き、涼をとった。飛騨《ひだ》まで来れば、京もさほど遠くはない。

「千寿様は、旅に出る前は娘の身なりをしていたのですか」

「山で猟をしていたから、男も女もない。そこいらの猟師と同じだな」

男装という意識もなかった。動きやすい恰好というだけだ。

「それはもったいない。千寿様なら紅を差し、きらびやかな打ち掛けを身につければ、三国一の美女と呼ばれますでしょうに――ねえ、謙吾？」

同意を求めて、晴姫が謙吾のほうを振り返った。千寿が女だと知らされてからというもの、頑《かたく》なな若侍はこの赤髪の用心棒と目も合わせようとしなくなっていた。

「失礼、小便をして参ります」

返答を拒むように、藪《やぶ》の中へ入っていく。

「……謙吾ったら」

「どう対応したものか、迷っているのだろうよ」

以前にもそういう態度をとられたことがある。小三郎も、拾ったときは千寿を男児だと思っていた。女と知って困惑していたものだ。

(平六《へいろく》……あいつもそうだったな)

いろいろと思い出すことがあった。

そんな話をしていたときだ。襲撃は突然にやってきた。

ざざっと頭上で音がしたかと思ったら、刀袋をくくりつけていた紐が切れ、千寿の身体から離れた。生い茂った葉と枝の間から山伏が四人、仕込み杖《づえ》を手に落ちてきた。

「おのれ！」

千寿は落ちてきた敵を一人、錫杖で突いた。地面に転がった刀袋にすぐに手を伸ばす。が――千寿を上回る速さで奪い取られた。

「まずは銃」

千寿より先に銃を奪った男が言った。

「きさまっ」

幻刃だ。陸奥からずっと千寿を尾けてきた黒脛巾組の忍びたちだった。

「次はおまえだ。安心しろ、生きて捕らえる」

整ったにやけ顔でぬけぬけとそう言う。千寿の頭に血がのぼった。正面から対峙《たいじ》するのは久しぶりだ。

まず鉄砲を奪い返さなければならないが、幻刃は強い。全力で闘わなければならない相手だった。剣と錫杖が火花を散らす。

「まずいな。千寿、おまえと闘うと興奮する」

「そうか。こっちには殺意しかないぞ」

錫杖が幻刃の肩をかすめた。同時に千寿がかぶっていた笠が弾《はじ》かれる。ずれた手ぬぐいの下から赤い髪がこぼれ出た。

「どうして隠す。その髪がいいというのに」

「おまえらみたいなのに、目印にされないためだろうが」

刃金が重なる音、焼けるような匂《にお》い。この男と闘うと、確かに心が熱く震える。軽薄な男だが、あらゆる武器の扱いに長《た》け、その強さは確かだ。

両手で幻刃の刀を押し返した。向こうは鉄砲を持っているため、片手で剣を操るしかない。その分、千寿のほうが優勢だった。

「ふん、これは邪魔だな」

幻刃は仲間に鉄砲を渡そうと放り投げた。

「渡しません！」

晴姫が叫んだ。思いきり跳ねて、刀袋の端を摑む。

敵は、晴姫をものの数にも入れていなかったのだろう。まったく注意を払っていなかった。姫は鉄砲を懐《ふところ》へ突っ込み、渡すものかとぎゅっと抱きしめた。

「小娘が」

敵の一人が晴姫に刃《やいば》を向けたが、すぐに頭目らしき男が制止した。

「熊谷の姫に手を出してはならん」

少し離れたところでは、仁吉が杖を手に闘っている。大きな身体を駆使し、忍び相手に一歩も引けをとらなかった。一人は千寿が倒す。そこへ血相を変えた謙吾が戻ってきた。

「姫っ」

こうなると、晴姫と千寿を死なせるわけにはいかない忍びたちのほうが分が悪い。

「陣内《じんない》様、ここは一旦《いったん》……」

幻刃が退却を進言すると、陣内と呼ばれた男が肯く。倒れた仲間を肩に担ぎ、煙のごとく撤退した。湧《わ》くときも消えるときも、鮮やかなものである。

「姫が狙われるならともかく、護衛のおまえが何故狙われるのだ」

謙吾が怒っている。襲撃してきたのは、山伏を装ってはいたが明らかに忍びだ。そんな連中が晴姫ではなく、用心棒とその鉄砲を狙ってきたのだ。

「この鉄砲は特別だ。喉から手が出るほどほしがる者もいるということだ」

「それはつまり、おまえが一緒にいるほうが、よほど危険ということではないのか」

ずん、と顔を近づけてきた。さっきの一件で、謙吾の中では千寿が女だったことへの戸惑いが吹っ飛んでしまったらしい。

「そうとも言える」

千寿は素直に認めた。しかし、と続ける。

「しかし、晴姫とわたしは少なくとも命は狙われない。生命の危機があるとすれば、おぬしたちだけだ。男なら気にするな」

謙吾が絶句した。

「……男でも気になるが」

無口な仁吉もたまらずつぶやく。

怒鳴りつけそうになっていた謙吾を制し、晴姫が問う。

「あの人たちは、わたしを熊谷成匡の娘と知っていました。何者なのですか」

花嫁行列とは違い、身分を隠し変装して旅をしている。山賊襲撃のときとは違うのだ。それは晴姫でも不審に思うだろう。少し考え、千寿は事実を伝えることにした。

「伊達の黒脛巾組だ」

晴姫と謙吾は目を瞠った。

「……伊達様か」

謙吾の困惑が手に取るようにわかる。伊達といえば天下にその名を轟《とどろ》かす大大名。しかも伊達政宗の生母は最上義光《よしあき》の妹・義姫《よしひめ》だ。政宗公と駒姫は従兄妹同士になる。そのくせ両家は対立関係にあるのだ。

熊谷は現在、最上と縁続きだが、熊谷成匡は伊達と争いたいなどとは思っていないだろう。この問題は、若い謙吾には手に余るものだった。

「わたしは陸奥の山奥で暮らしていた。親父様が死ぬ前にとんでもない鉄砲を造ったという噂が伝わっていたようでな。製法を聞き出したいから、わたしを生け捕りにしたい。伊達も一応は豊臣に従っている。忍びたちが勝手に関白の花嫁を殺すわけにもいかないから、まずは姫も心配いらない」

思いがけない大物の名が出たことで、皆黙り込んだ。客の事情にはなるべく触れないようにしている歩荷の仁吉ですら思案顔だ。千寿が伊達の名を出してかまわないと判断したのはこういう理由からだ。わかったところでどうにもできない。口をつぐむしかないのだ。

「あれが用があるのは、この鉄砲とわたしだけだ。また襲ってきたら、おまえたちは姫を連れて逃げてくれればいい」

「よくありません！」

晴姫が即座に返す。

「助けていただきました。恩人を捨てて逃げたら、わたしは人でなしです」

千寿は驚くが、努めて冷静に応える。

「……恩なら返してもらった。姫はわたしの鉄砲を命がけで守ってくれた」

「また守ってみせます。だから、千寿様もわたしを守ってください。お互いにそうして京へ行きましょう。大丈夫、謙吾も千寿様と鉄砲を守ります。そうでしょ、謙吾」

また謙吾に同意を求める。今度ばかりは返答を避けにくく、謙吾は渋々肯いた。

「努力は……いたします」

「ありがとう！」

慌てる家臣の手をとり、満面の笑みを見せる。

千寿はこの姫君に心底感嘆していた。この世の何も信じられなくとも晴姫だけは信じられる。この童女のような姫を助けるためなら、命も惜しくないような気がしてくる。

もともと山暮らしで、髪の色のこともあって人づきあいはあまりしてこなかった。人を信じきらないよう心がけてもきた。思えば友と呼べる者もいない。まして歳《とし》の近い女の知り合いなどほとんどいなかった。それこそ尼寺で一緒にいた登世《とせ》くらいのものだったろうか。

登世は南蛮の商人が連れてきた、黒人奴隷を父に持つ幼女だった。かの織田信長《おだのぶなが》にも黒人の家臣がいたというから、こういう子どもは登世だけではなかっただろう。

共に目につく容姿で、寺から出ることもできない者同士だった。姉妹のように仲睦《なかむつ》まじい、と尼たちもよく目を細めていた。

『わたしは大丈夫……るちやは登世を。小さき者を守りなさい……ディ……ノソ……ディ……マト』

最後に聞いた母の声だった。後のほうは南蛮の言葉だったようだが、千寿には何を言ったのかわからなかった。でうす、という言葉が入っていたようにも思えた。もしかしたら母にも捨てきれない信仰心が残っていて、祈りを捧《ささ》げていたのだろうか。

(……それとも、神を呪《のろ》ったのか)

千寿の手を握り、弱々しく微笑んだ母の顔が忘れられない。頰は涙で濡れていた。炎がうねり、迫ってくる。木像の観音が焼け、倒れてきた。それっきり母の姿が見えなくなった。

わたしと登世は、尼寺で一生を終える筈だったのだ。あの戦さえなかったら。

登世と母親の思い出は、千寿に京へ向かう意味を改めて問い返してくる。

——太閤を許せるのか、と。

4

あと三日もすれば、京に着く。

千寿との別れも近づいていた。そして晴姫は関白の側室となり、二度と故郷に戻れなくなる。それがひしひしと実感として迫ってくる。覚悟とは、いくらしたつもりでも足りないものらしい。

「うーん、痛っ」

晴姫は宿で思いきり脚を伸ばした。足腰には自信があったが、さすがにこれだけ歩くとふくらはぎも強《こわ》ばってくる。

「どれ、揉んでやろう」

千寿が頭に巻いた手ぬぐいをとって、ぶんぶんと髪を振った。すっきりとしたような顔で、袖をめくりあげ、晴姫の脚を見た。

「逞しくなってきたでしょう」

「なんの。これくらいが一番美しい」

千寿の手が疲れを揉みほぐしてくれる。少し照れくさい。

近くで見れば見るほど、千寿は輝くように美しかった。しかも強くて凜々しいのだから、女とわかっていても胸がときめく。

「無理をせず、ここでもう一泊してはどうだ」

「京に着いたら、今後のことも話し合わなければなりません。関白様のもとに賊に襲われたとの報《しら》せが届いているかもしれませんし……ゆっくりはできません」

兄の訃報《ふほう》が国許にも届いている頃だろう。それを思うと、目の奥が熱くなる。母上はどんなに嘆かれているだろう。父上や皆の傷は癒《い》えただろうか。身籠もった芳乃は――。

「痛いか？」

晴姫は目をこすった。

「いいえ、全然。本当にいい気持ち。疲れも飛んでいきます」

「そうか、それはよかった」

こんなときでも千寿は鉄砲を離さなかった。襲撃を教訓に、さらに頑丈に身体に結びつけている。あのときは紐を切り落とされてしまったので、今は見えないように鎖で直接、腰につないでいる。

「鉄砲を撃つときって、どんな気持ちですか」

「最高だ」

「撃ってみたい！」

子どものように目を輝かせた晴姫に、千寿が笑った。

「試し撃ちさせてやってもいいが、また黒崎殿に斬りかかられても困るからな」

「謙吾にも困ったものです。千寿様の言うことは真に受けないようになんて、失礼です」

晴姫は頰を膨らました。謙吾はそうやって一日一回は必ず釘《くぎ》を刺してくる。まだ千寿を信じられないというわけではない。姫が悪い影響を受けはしないかと案じているのだ。

「輿入れ前の大事な姫だ。仕方がない」

「だからこそ、千寿様に訊きたいことがいっぱいあったのです。閨《ねや》のことも学べなかったんです、わたし。芳乃が恥ずかしがって、あまり教えてくれなくて……」

千寿は未婚だが、少なくとも自分よりは年長で物事を知っている。というより、千寿のことをもっと知りたかったのだ。

「人に話すようなことでもないからな」

「え。千寿様も経験があるのですか」

閨の講義を受けて、多少は耳年増にもなっていたが、相手が千寿なら話は別である。晴姫は興味津々で身を乗り出した。

「どうということはない。学ぶ必要もない。女は受け入れるための、気持ちの準備が必要だが、男は攻め込むための身体の準備が必要になる。その違いが誤解を引き起こすこともあってな……面倒はそれくらいだ」

そのあたりの具体的な話こそ、晴姫が知りたかったことだ。

「床を用意されたわけでもないのに、どんな流れでそうなるのでしょう」

「逢い引《あび》きといっても、山の中だ。他にすることもなかった。なんとなくだ」

何気なくすごいことを言っている。

「親父様の具合が悪くなるばかりでな……独りになるのが怖かった。子がほしかったのかもしれない。いろいろ迷いもあった」

今の勇ましい千寿が最初からあったわけではない、と晴姫は悟った。母の仇を討つかどうかを決めるために、鉄砲を持って京へ向かうまで、千寿はどれほど悩んだことだろう。子ができれば、恨みを捨てる理由になる。そうした思いもあったのかもしれない。

それにしても、これほどの人を抱いた男とは、いったい――。

「お相手の方のことを伺ってもよろしいでしょうか」

晴姫にはまるで別世界の物語に思えた。両親も、長兄夫婦も、芳乃にしても、夫婦仲はいいが親が決めた婚姻である。自然に知り合い、想《おも》い合った相手がいる。それだけでも晴姫にはすごいことだった。そのような男女の間柄を知りたかった。

千寿は急に困った顔をした。せつなげに目を伏せる。

「平六といってな……もういない」

亡くなったのだ。これ以上、訊いてはいけない。晴姫は、失礼しましたと頭を下げた。

千寿がこの若さにして驚くほど落ち着いているのは、数々の不幸を乗り越えてきたからだ。

「男みたいで物騒で、純潔でもない。ろくな〈天女〉じゃないだろう。悪かったな」

晴姫はちぎれそうなくらい頭を横に振った。

天女など、もうどうでもよかった。純潔とか、それこそどうでもいい。もし男と交わることで穢《けが》れるというなら、関白にだって触れることができなくなる。

「その殿方のことは伺いません。でも……千寿様に訊きたいことはいっぱいあります」

晴姫にしてみれば、千寿と女同士の内緒話をすることがなにより楽しいのだ。

「そうか……あとで風呂でな」

「はい！」

この宿場もまた、貸し切りにできる小さな湯殿を持っていた。

千寿は安心して髪を出すことができるし、姫も一人にならずにすむ。女二人、心ゆくまで湯に浸かり、男には聞かせられないような話もひそひそと楽しんだ。もし謙吾が会話の内容を全部聞いていたら、再び激昂《げきこう》して千寿に向かって刀を抜いていたかもしれない。それほど男が赤面しそうな内容ではあった。おかげでこの夜、晴姫はかつて芳乃が綺麗事《きれいごと》でごまかしていた諸々《もろもろ》も知ることができた。

千寿は憧《あこが》れの人であり、よき姉であり、悪友のようでもあった。だが、同じ部屋で眠り風呂も共にしていることを、謙吾は未《いま》だによく思っていないようだ。女同士なのだから気にすることはないだろうに、謙吾はこう言うのだ。

『女人とはいえ……千寿殿だけはどうにも。もっと普通の女ならいいのですが』

意味がわからず首を傾《かし》げていたら、仁吉がぼそりと言った。

『あの法師サマはたいていの男より男前たい。その上よく見れば、べっぴんでもあるけんな。旦那は若か……なんとも複雑やろう』

言葉の少ない男にしては、千寿という存在を的確に表現してくれた。しかし、それでどうして謙吾が複雑な思いを抱くのかは、晴姫にはわからなかった。ただ、四角四面の謙吾をときどき不得手としている身としては、その謙吾が千寿を苦手としている事実は、なかなかに楽しいものがあった。

「ここなら謙吾も邪魔できませんものね。安心してなんでも話せます」

「けっこう。姫のおかげで、わたしもまともな風呂に入れる」

「それは口癖ですか、けっこう、って」

千寿はよくこれを口にする。

「ああ、親父様のが移ってしまってな」

晴姫は少し考えてから、口を開いた。

「……昔、熊《くま》に襲われそうになったことがあるんです。そのとき猟銃で助けてくれたのって……もしかして、千寿様じゃありませんか？　わたしよりいくつか上の子でした。武士のような話し方で、『けっこう』って言ってました」

前から気になっていた。ただこれは晴姫にとって、初めて恋心というものを感じた大切な思い出だった。なかなか人には話しにくい。でも今なら、千寿にならら、話したかった。

「……ずっと、忘れられなかったんです」

記憶を辿《たど》るように、千寿は考え込んだ。

「その子は、こんな髪の色をしていたか？」

晴姫は首を横に振った。赤い髪ならば必ず覚えている筈だ。

「なら、違うのだろうよ」

「ですよねえ」

もし……もしそうだったら——つい夢のようなことを思ってしまった。そのくらい、晴姫は千寿が好きだった。

（これ以上、好きになったら、お嫁に行けなくなっちゃうか……）

晴姫は、そう考えて笑った。

寝具を二つ並べ、千寿と晴姫は床についた。暑いので、少しだけ窓を開けて寝る。

「京も近い、ゆっくり眠れ」

千寿が優しい声で言った。万一の襲撃に備え、必ず二階の部屋をとる。謙吾と仁吉が隣室で寝ているので、囁き声だ。

「千寿様はいつも眠りが浅いのではありませんか。心配です」

「用心棒が高いびきでは意味がない。気にするな」

千寿は黒脛巾組が宿場で襲ってくることはないと踏んでいるようだった。鉄砲の秘密を知られたくないのは向こうも同じだからだ。騒ぎになるようなことはしない。そう言っていた。もっぱら警戒の対象は、どこにでもいる枕探《まくらさが》しのようだった。

「あ、また蛍……」

真っ暗な部屋の中に、いくつか蛍が入り込んでいた。千寿には蛍すら魅せられる。

「どうして千寿様に寄ってくるのでしょう」

「わたしにもわからん。ただ、母もそうだった。占いなどもよく当たっていたな」

千寿は、その母の仇を追って京へ行くのだ。

「算木《さんぼく》や筮竹《ぜいちく》を使う占いですか」

「いや、相手の手をとり瞑想《めいそう》して、よき方角を見るのだそうだ。こういうのが占いと呼べるのか知らないがな。面倒なことにならないよう、控えてはいたが。わたしにはそういう勘というか、特別な力はない。なくてよかったと母は言っていた……」

口寄せのような力を持つ人だったようだ。普通ならそんな力を持っていれば尊敬されるのではないかと晴姫は思うが、千寿の母はそのことで辛い思いをしたのだろう。

「姫には言っておく。わたしの場合、母のほうが異人なのだ。母は祖国に捨てられ、わたしを尼寺で産み育てた。母がつけた名は〈るちや〉だ。〈千寿〉は住職様がつけてくれたようだ。その頃の母は、まだそれほどこの国の言葉が話せていなかったそうだからな」

「事情はわかりませんが、お母様はご苦労なさったのでしょう。でもおかげでわたしは千寿様に会えました。異国の天女が天女を産んで、わたしを救ってくれました」

するとと千寿が暗闇で笑う気配がした。

「天女はもう勘弁してくれ。晴姫はよほどわたしを神々しいものにしたいようだな。この間まで野山で猪《いのしし》を追いかけていたような、大食らいのがさつな女だぞ」

晴姫は声をあげて笑った。がさつじゃなくて強いんです。そんなところにも憧れているんです。そう言いたかったが、恥ずかしいのでやめておいた。

「……あと少しで京だな。わたしのことも、熊から助けてくれたとかいう少年のことも忘れて、穏やかに暮らせ。それが兄上への供養になる」

兄のことを思い出すと、今でも目が潤む。だが、きっぱりと言い返す。

「忘れるのは無理です」

恨みは忘れろ、恩は忘れるな――熊谷家の家訓のようなものだ。宗七郎も晴姫も、父にそう言われて育った。

「でも、駒姫様と会えるのが今は楽しみです」

「そうか……。最上のお姫様はすでに到着しているのだろう。遠縁だったか」

「はい。向こうで久しぶりに会えます」

駒姫を溺愛《できあい》する最上義光が、遊び相手にと同い年の晴姫を居城へ招いたのが縁だった。以後、熊谷成匡は山形城へ出向くたびに、晴姫を連れていくはめになった。

熊谷と最上とでは家格は比べものにならないが、幼い二人の姫にそんなことは関係がなかった。駒姫は晴姫よりずっと物静かな姫で、本当に仲がよかった。それでもまさか、一人の男を共有することになるとは思わなかった。

共有……そう思えば関白も、女たちの鞠《まり》やお手玉みたいなものかもしれない。

うん。関白なんか転がしておけばいい。そう思うと、輿入れの緊張や不安も緩む。

「友とずっと一緒にいられるのは、うらやましいな。……さあ眠ろう、姫」

「はい」

晴姫は千寿の隣でそっと目を閉じた。

——実はこのとき、想像豊かな晴姫にも考えつかないようなことが起こっていた。

関白・豊臣秀次《ひでつぐ》の首は、すでに転がっていたのである。

文禄《ぶんろく》四（一五九五）年七月十五日。秀次は叔父の太閤秀吉《ひでよし》に対する謀反の疑いにより、高野山《こうやさん》にて切腹させられていた。

天下を揺るがす大事件。この報せが晴姫一行に届いたのは、近江《おうみ》の宿に到着したときであった。

七月も終わりに近づいていた。

第三章　聖母《まどな》と呼ばれる女

1

長い戦乱に疲れた人々の目に、遥《はる》か南蛮の地より神の教えを広めにやってきた宣教師たちは、いかに崇高に映ったことだろう。

正確な世界地図もないままの帆船での大航海だ。まさしく命がけであり、生きて帰る保証はない。それでも、信仰を広めて多くの人を救いたい——宣教師たちがその一心で海を渡ってきたのだと思い込んだのなら、切支丹《キリシタン》になりたいと願うのも無理からぬことだ。

神への信仰心ではなく、まずは宣教師たちへの尊敬と崇拝から入る。

実際のところ、宣教師たちは植民地を増やすために世界各地へ派遣されていた。身も蓋《ふた》もなく言い切ってしまうなら、信仰は征服のための道具にすぎなかった。〈陽の沈まぬ帝国〉と称され、領土を広げ続ける国からやってきたお先棒。

天正《てんしょう》十五（一五八七）年に出された伴天連《バテレン》追放令は、切支丹にとっては迫害に思えたかもしれないが、国を守るという天下人の観点からすれば、英断といえた。

主に交易のために、にわか切支丹となっていた大名の多くはすぐに棄教した。中には摂津《せっつ》の国を治めていた高山右近《たかやまうこん》のように、領地を捨てても信仰を守り通した者もいた。

高山の家臣、大野木双悦《おおのぎそうえつ》もまた、そういう者の一人だと思われていた。


七月上旬——話は半月ほど遡《さかのぼ》る。

出羽《でわ》の最上義光《もがみよしあき》の娘と、その添え物のような田舎武将の娘が、関白の側室として京を目指していた頃、播磨《はりま》にも夏が押し寄せてきていた。

この猛暑の中、わざわざ畳の上に虎《とら》の毛皮を敷いているのは、大野木双悦という男が酔狂だからではない。この獣の王ともいうべき存在を踏んでいる感触が好きだからだ。

齢《よわい》は四十手前ほど。柔らかな容貌《ようぼう》で、それでいて物慣れた雰囲気は多くの者に好ましい印象を与えていた。洗礼名は、〈えんりけ〉。双悦にとっては渾名《あだな》ほどの意味もないものであったが、南蛮の王にも多かった名だという点だけは気に入っていた。

「慌ててどうした、吉報か」

目の前の男に訊《たず》ねる。

双悦は南蛮の茶にたっぷりと砂糖を入れ、銀の匙《さじ》でかきまぜた。酒が飲めない双悦の楽しみは、この赤くて甘い茶と金平糖だった。かすてらも好きだったが、重く胃《い》の腑《ふ》に応《こた》えるので近頃は避けていた。

「はい、聚楽第《じゅらくだい》に石田三成《いしだみつなり》らが使者として出向いたとのことであります」

炎天下、駆けつけてきたのだろう。小倉《おぐら》のやたら広い月代《さかやき》の上には、玉の汗が浮いていた。酷薄な目つきとむくんだ顔つきの男は、いつになく興奮して主《あるじ》の喜びの声を待った。

「それは重畳。いよいよだな。老猿は耳が遠いらしく、ずいぶんじらされたが」

粛々と進めてきた企てである。ようやく仕掛けが動きだしたようだ。

「よくやった。その後のこと、逐一報告するよう」

秀次《ひでつぐ》に対して、高野山《こうやさん》にて謹慎するよう伝えるため、使者が向かったということだ。関白に二心あり――この疑惑が太閤《たいこう》の耳に届き、ついにここまで動かしたのだ。金を使い草を駆使し、噂《うわさ》の出所が露見しないよう浸透させていった甲斐《かい》があったというもの。

太閤と関白。国に二人の王がいるようなものだ。関係がうまくいっていれば、それは絶対的な力となる。が、ひとたび信頼が崩れれば一気に強いほうに傾く。秀吉《ひでよし》は関白の地位を秀次に譲ったが引退したわけではなかった。自ら関白の上の地位に就いたにすぎない。

かくして、老いた王は若き王の粛清を決めたのだ。

小倉が出ていくと、双悦は小さな砂糖菓子を口に放り込んだ。考えなければならないことは多い。主君の高山右近が信仰と引き替えに大名の地位まで捨ててしまったときは、これで自分も終わりかと思ったが……どうしてどうして、身分などないほうが動きやすい。

今、一商人として大野木双悦はいる。

資産は高山に仕えていた頃から、しっかりと蓄えてあった。生真面目《きまじめ》な切支丹だった主君は、有能な家臣がせっせと不正に蓄財していたことなど知らない。

高山右近は改易されても信仰を守り通した。そんな男の家臣だったという事実は、伴天連どもの信用を得るのに好都合だった。双悦が切支丹のままでいるのは交易に都合がいいからだ。いろいろなものが売買できる。嗜好品《しこう》、調度品、火薬……そして人まで。

だから切支丹はやめられない。この世は騙《だま》し騙され、それは地上のどこも同じだ。南蛮へ渡った少年使節は彼の地にすっかりかぶれて帰ってきたようだが、無垢《むく》な少年を欺くなど簡単なことだ。すべてはどの角度からものを見るか。……表も裏も白いものなどない。

それを誰よりも知っているのが〈まどな〉だった。あの女に惹《ひ》かれるのは、自分と似ているから。つまり、魅力的でいやらしい女ということだ。

「廉次《れんじ》はおるか」

ここに、と襖《ふすま》の向こうから声が返ってくる。

「まどなの具合はどうだ」

「このところの暑さで、思わしくないようです」

甘ったるい茶を飲み干し、それはいかんなと顎《あご》を掻《か》いた。

「煎《せん》じ薬《ぐすり》と玉子でも持っていってやれ。大事な生き神様だ。忌諱《きき》に触れぬようにせねばな」

承知、と答えて襖の陰の男は気配を消した。

(まどな……あと何年も保《も》たないだろう)

近いうち、ご機嫌伺いに行ったほうがいいだろうと双悦は考えた。

美しくて気むずかしい。だが、あの存在があればこそ、人が集まる。信仰という甘い水を求め、それこそ蛍のように。

暗いことさえ我慢すれば、夏の暑さを避けるにはちょうどいい場所だった。

切支丹たちが集まり、祈りを捧《ささ》げる場所。聖母《まどな》がいらっしゃる場所。

切支丹たちはここを精霊洞《せいれいどう》と呼ぶ。かつて鉱山として採掘されたが、芳しい結果が出ないまま放置された長い横穴だった。教会として改装され綺麗《きれい》になっているものの、暗い通路を照らすために魚の脂が使われていて、特有の臭《にお》いがする。

追放令が出されたが、それは伴天連のこと。その伴天連たちもおおっぴらに布教さえしなければ、まず咎《とが》められることはない。商売に関しては自由。民衆の信仰も勝手である。

普段の暮らしをするだけなら、どこのどんな神を信じていようと気づかれはしない。

播磨と摂津に挟まれて、どちらの城下にもそう遠くない。ここに集まる信者のほとんどが町家の者たちであった。

生い茂った草に囲まれた小道を抜け、今また一人、黒っぽい小袖《こそで》姿の娘が中へ入る。

名をお紋《もん》といい、黒い眼帯で片目を覆っていた。可愛《かわい》らしい顔だちをしているのだが、身を守る鎧《よろい》のように不機嫌な雰囲気をまとっていた。洗礼を受けているので、一応は切支丹だった。

本堂の前を通ると、観音開きの扉の奥から司祭の説法が聞こえた。神がどうしたの、天の国がどうだの、あんな退屈な話をよくもまあ、ありがたがって聞いていられるものだ。そのあとは皆で歌を唄《うた》うのだろう。そそくさと奥の部屋へ向かう。

お紋はここの信者たちとは立場が違う。

（皆が憧《あこが》れてやまないまどな様の、一番近い位置にいるのがあたしだ）

着物の匂《にお》いを嗅《か》ぐ。まどな様に会うのに、あのぞっとするような脂の臭いがしていたら最悪だ。もちろん、心優しいまどな様がそんなことを気にするわけがないのだけれど。

「まどな様、お目覚めでしょうか。るちやです」

洗礼名を名乗り、扉の前で呼びかけた。

「お入りなさい」

その声に安堵《あんど》し、お紋は中に入った。

部屋の中は薄暗い。真っ暗ではないのは、換気と明かり取りのための穴があるからだ。

燭台《しょくだい》に蠟燭《ろうそく》があるが、高価なものなので、まどなもなるべく使わないようにしている。

寝台に横たわった女が、世話係の少女を見て微笑《ほほえ》む。この笑顔のためなら命を捨てても惜しくはない、とお紋は改めて思った。

「ごめんなさいね、寝たままで」

「いえ、ご無理なさらないでください」

まどなは異国の女だった。どこから来たのかは知らないが、この国の言葉をごく普通に話す。金色が混ざったような白髪だが、老人ではない。おそらく、自分の母親が生きていれば同じくらいの歳《とし》ではないかと思った。実際はもっと若いのかもしれないし、もっと年上なのかもしれない。ただお紋にとって、まどなはまさしく聖なる母だった。

顔だちも美しいが、それ以上に惹きつけるものがあるのは、何も珍しい異人だからではない。あらゆる痛みを知った者が見せる尊さに思えた。

お紋は切支丹の神を信じない。目の前の聖母《まどな》を信じているだけだ。

「大野木様が、玉子をお見舞いにと届けてくださいました。料理してもらいますので、夕餉《ゆうげ》に召し上がってください」

「ならば、るちやも一緒に。一人で食事をするのは寂しいの。それに食べきれないと思いますから、育ち盛りのるちやに手伝ってもらわないとね」

お紋は頰《ほお》を紅潮させた。まどなはいつもそうだ。手伝ってね、と言うことで相手に遠慮

をさせないようにする。

「育ち盛りなんて歳じゃありません」

嬉《うれ》しいのに、つい言い返してしまうのもお紋の癖だった。まどなはこういう甘えも笑って受け止めてくれる。そのやりとりが好きなのだ。

「十七だったかしら。でもまだ大きくなる年頃でしょ。るちやはわたしにとって娘のようなものだから、子ども扱いしても許してね」

ふふ、とまどなは童女のように笑う。

娘のようなもの――事実、お紋の洗礼名るちやは、まどなの娘の名だったという。

『わたしのるちやは九つのとき、炎の中に消えてしまいました。もしお紋さんが洗礼を受けるなら、この名前をもらってほしいの』

そう言われた。

切支丹になど興味はなかったが、その名がほしかった。るちやの名を手に入れ、まどなの娘になりたかった。そのためだけに、お紋は洗礼を受けた。

「まどな様こそ、ちゃんと滋養をつけてください。皆、心配しております。元気なお顔を見せてあげないと」

まどなさえ元気になれば、他《ほか》の者などどうでもよかった。まどなの前だとつい、いい子ぶってしまう。お紋は自分の暗さと非情さをよく知っていた。必要なら百人でも千人でも殺せる自信がある。

「夕餉を持って、また参ります。やすんでいてください」

まどなへの敬愛の気持ちを隠すように、わざとそっけない言い方で部屋をあとにする。

精霊洞を出ると、外の眩《まぶ》しさに手で目を覆った。光の強さに慣れてくると、向こうから信者らしき女たちがやって来るのが見えた。

「まどな様のお加減はどないや。お見舞いしたいんやけど」

「まだ思わしくない。よく眠っていらっしゃる。邪魔をしないように」

つんと言ってやった。あまり人に会わせたくないのだ。大勢としゃべれば気疲れする。

中にはまどなに「ご神託を」などとねだる者もいるかもしれない。

残念やなあ、とぼやきながら女たちは精霊洞へ入っていった。

お紋はここの連中が好きではない。閉ざされた場所で同志だけで集まっていれば、神に選ばれたという奇妙な選民意識が出てくるものだ。それがひどく鼻につく。

おそらく信者たちも、お紋を快くは思っていないだろう。だが、そんなことはどうでもよかった。まどなにさえ愛されていれば、それでよかったのだ。


世話係として、毎日まどなに会いにゆく。

しかし、お紋の本来の仕事は別にあった。切支丹であることも公言できないが、それ以上に言えない仕事だ。

精霊洞からそう遠くない山中。ひっそりと存在する隠れ里こそ、お紋が生まれ育ったところだ。公にされていないので名前もないが、住人は〈火の村〉と呼んでいる。

親はとっくに死んだ。それでも、どんなにいやでもここで生きるしかなかった。

世の中には、足軽百姓から太閤にまでのぼり詰めたような人もいるらしいが、ほとんどの者は置かれた場所でそのまま死ぬ。泥棒の子として生まれれば、泥棒になるしかない。まして女にどんな生き方があるだろうか。この里の閉塞感《へいそく》にお紋は苛立《いらだ》っていた。そんなとき、まどなは別の世界を見せてくれたのだ。

村に入ると独特の臭いがする。よそ者なら家畜や肥料の臭いと思うのだろうが、お紋にはわかる。蓬《よもぎ》の根に馬の尿をかけたものを土中で保存し、発酵させた臭いだ。そんなことをして何ができるのか――火薬だった。

正確には火薬の原料となるものだ。多くは南蛮との交易に頼っているが、独自の製造方法が開発され、この国でもちゃんと調達できるのだ。当然、異国から買いつけるより安い。が、京に近いこの地で太閤の許しもなく、こんな物騒なものを作っているのだ。そして、太閤の敵となり得る大名たちに密《ひそ》かに売られている。見つかればこの村の者は全員死罪かもしれない。そうでなければ口封じに、大野木双悦に皆殺しにされるか。

人望厚き切支丹商人、大野木双悦の裏の顔がここにある。

「お紋、帰ってきたなら、さっさと炮烙玉《ほうろくだま》を手伝わんか」

村長《むらおさ》が出てきて、お紋に命じる。炮烙玉とは敵に直接投げつける爆弾だ。水上戦では大砲に詰めて飛ばす。戦争では鉄砲以上の破壊力を持つ。

「大野木様の手伝いとやらが何かは知らんが、ここの仕事も人手が足らん。その大野木様から、急ぎの注文も入ったからな」

「……わかった」

お紋は休む間もなく作業小屋に入った。暑い中、数人が黙々と炮烙玉をこしらえている。これが見ず知らずの人を大量に殺すものだということを、意識して作っている者はいないだろう。機織りや笠《かさ》作りなどと変わらない。この村にとってこれこそが生業《なりわい》だ。

お紋もその場に座り、火薬を詰めていく。いつか自分が作った火薬で死ぬだろう。左目も不慮の爆発で光を失った。白濁した目をいつも隠している。そのせいか、それとも性根の悪さゆえか、嫁入りの話もまったくない。だが、こんな村で子を産めば、その子まで咎《とが》人《にん》になってしまう。むしろ縁談がないのは都合がよかった。

お紋は炮烙玉の扱いがうまい。ときどき火薬の出来具合を調べるために鉄砲も撃つ。そちらの腕も村で指折りだった。

「紋ねえ、ここうまくいかん」

隣の子どもが教えを乞《こ》うてくる。十になる村長の孫だ。

「これじゃ導火線がとれてしまう。もっと、こう」

「あ、そっか。わかった」

射撃が抜群にうまくて年若いお紋を慕う子どもは少なからずいる。彼らを見るにつけ、ここで親になどなりたくないと心底思う。まだこの子たちは村の危うい立場を知らない。

鉄砲は好きだ。力が物を言う剣や槍《やり》と違い、引き金さえ引けばその威力は誰が扱っても同じだ。女でも充分戦える。ようは集中力と技量だ。

殺すためだけに、引き金を引く……迷いのない者がうまくなる。

よそ者にここの秘密を知られたら、即座に殺す。それが村の掟《おきて》だ。相手が役人なら尚更《なおさら》だった。お紋もすでに何人か射殺している。

大野木双悦はここで村人を牛馬のごとく働かせ、できあがった火薬を大名などに安く売る。十数年前、戦で田畑を失った百姓たちを保護する名目でここに住まわせたのだ。与えられた仕事がまずいものであると気づいたときには、もうどうにもならなかった。それでも行き場のない者たちにとっては、かけがえのない場所だった。

腹は立つ。だが村人たちは野垂れ死にしかけたところを救われた。それは事実だ。大野木双悦という男をまったく信用していないが、まどなの世話係にしてくれたことだけは、感謝している。無論それも、まどながお紋を指名してくれたからだが。

村の者には切支丹になったことは言っていない。どのみち〈るちや〉という名と、まどなの世話をするための名目上のもの。不信心ぶりたるや、大野木と変わらない。それにおそらく……まどな自身も、神など信じていないだろう。

当時の西洋において、広く行われていた悪《あ》しき風習があったという。

聖なる伴天連の国で、多くの罪なき人々が魔女の汚名を着せられ、残虐に殺されていった。それをもしこの国の切支丹が知ったら――まどながそうひとりごちて笑ったのを思い出す。微笑んでいるのに、悲しい目をしていた。

南蛮の少女が東の果ての国で子を産み、子を失い、今、聖母《まどな》と呼ばれ慕われている。どれほどの苦難があったのかは想像に難くない。

魔女というのがなんなのかは、お紋にはよくわからない。南蛮の鬼か妖《あやかし》だろうか。まどなは詳しいことを教えてくれなかった。思い出したくないことばかりなのだ。それでもここまで踏み込んで話してくれたのは、お紋に対してだけだった。

切支丹の象徴として、まどなは大野木双悦に手厚く保護されている。海を越えてやってきた美しき〈母〉。男の宣教師以上に後光が差して見えるだろう――そういう意図があることはお紋にもわかる。

娘を亡くした悲しみからか、赤みを帯びていた髪は徐々に色が抜け、白に近いほどの淡い金髪になったという。だが大野木の設定では、まどなは生まれながらに真珠色の髪を持つ聖女だった。理由は、そのほうがそれらしいから。……いやらしい男だ。そんなものに容易《たやす》く惑わされる精霊洞の信者たちも嫌いだった。

（本当のまどなを知っているのは、あたしだけだ）

だから、守らなければならない。

まどなを傷つける者は、たとえ法王《ババ》であろうと太閤であろうと、この手で——。

握りしめた炮烙玉を見つめ、お紋は胸の中で誓いをたてた。

2

七月に入ってからの動きは早かった。

三日に石田三成ら使者から高野山での謹慎を促された秀次が、八日に太閤への釈明のために伏見《ふしみ》城へ赴く。しかし会うこと叶《かな》わぬまま、高野山へ。

十五日には福島正則《ふくしままさのり》が太閤より切腹命令が下ったことを告げる。その日のうちに、小姓らと共に秀次は自刃した。

この一件にどのような裏があったかは、後の世までの語りぐさとなる。表向きは謀反の疑い、あるいは秀次の放蕩《ほうとう》を秀吉が許さなかったということであるが、裏では三成や淀《よど》殿、福島正則、徳川《とくがわ》の陰謀説まで語られた。真相は藪《やぶ》の中。おそらく誰に肩入れして眺めるかによって、人それぞれ真実は違うのだ。歴史とは、人の世とは、そういうものだ。

だが、ここに笑いの止まらぬ者がいた。

大野木双悦は南蛮の茶にたっぷり砂糖を入れ、匙でかきまぜる。

ぐるぐるぐると……この茶と同じ。太閤もこの国もすべては思いのまま、自分好みの味にするのだ。

大野木は自らを悪党などと思ったことがない。自分が悪なら、太閤をはじめ野心を持った武将は皆稀代《きたい》の悪党だ。肝要なのは勝つか負けるかだ。勝てば後世の評価すら好きなようにねじ曲げられる。

（さて、太閤に茶器でも贈ってやろうか）

今はまだ、老猿にもご機嫌伺いが必要だ。

一度だけ太閤に拝謁したことがあった。南蛮の商人を紹介したのだ。初めて見るこの国の王は痩《や》せて小さな老いぼれだった。が、その目だけは油断のならない光を帯びていた。

『お館《やかた》様に似ておるな』

太閤にそう言われた。織田信長《おだのぶなが》のことだろう。どういうつもりで言ったのかはわからないが、大野木も悪い気はしなかった。

世界がほしかった。信長が生きていたなら、大野木はおそらく一商人としてひたすら富を追い続けただろう。だが、秀吉は少しずつ世界を狭めていく。大野木の商人としての野望は、頭打ちになっていくばかりだ。……太閤は目ざわりだった。

（まずは関白）

秀次切腹の報《しら》せは、翌日には大野木のもとに届いていた。まだそれを知らない大名も多かろう。すでに連座を疑われ、領地はおろか命すら危うい者もいる。連座して失脚する者がどこまで増えるか、それが今後の楽しみだった。大野木の口許に笑みが漂う。

「楽しそうですわね」

含みを持った女の声がして、顔を上げる。聖母《まどな》のご入場だった。

「お身体《からだ》はいかがですかな。ご足労をおかけしました。そうそうまどな様の寝所に入るわけにもいきませんので、お許しを」

大野木は精霊洞に赴き、密談用の小部屋でまどなが来るのを待っていたのだ。宣教師も来るのでそれなりの茶や茶器が用意されている。隻眼の娘に支えられて現れたまどなは、消え入りそうに美しい。若くはないが、そういったものを超越した美貌《びぼう》だった。

「大野木様こそ、お痩せになったのではありませんか」

「そうかもしれませんな。なにしろ暑い」

大野木は汗を拭《ふ》いた。

「このように暗いところでは、気が滅入《めい》りませんか。拙宅にて療養していただければ、いい医者を呼ぶこともできるのですが」

まどなが卓の上に置かれた大野木の手に触れた。突然のことに驚く。余計なものが見えてしまうというこの女は、あまり人に触れたがらない。

「お医者が必要なのは、大野木様かもしれませんね」

大野木はぞっとして、引きつった笑みを見せた。

「それはどういう」

「ほんの戯れ言《ざれごと》です。お気になさらないで」

近頃、少しばかり胃の腑の調子が悪い。いやな冗談だと思った。

「……関白が切腹されました。こちらは戯れ言ではありませんぞ。太閤様から見限られたようですな」

「それが楽しかったのですか」

「愉快じゃありませんか？　これは豊臣《とよとみ》崩壊の第一歩。豊臣が支配しているうちは、この国の切支丹に未来はありませんよ」

まどなは小首を傾《かし》げた。

「関白様は、切支丹にも理解があると聞きましたが」

「もしそうなら、切支丹にすり寄らねばならないほど、関白には味方が少なかったということでしょうな。理解とは違います」

関白は名のある大名によく金を貸していた。あれだけ側室を置いたのも、味方を作るためだろう、と大野木は思っていた。

争いが起こりかけ、自軍を強化するためなら一時的になんでもするだろう。だが、戦いに勝ってしまえば勝者側で粛清が始まる。わかりきったことだ。

切支丹への理解、などと言えばさも好人物であるかのようだが、そんなことはない。もし自分が天下人なら、伴天連を大いに利用して、その上で切り捨てる。奴《やつ》らとのやりとりは狐《きつね》と狸《たぬき》の化かし合いのようなものだ。

むしろこの国には安定せず、揉《も》めていてもらったほうがいい――南蛮貿易で利を得る者や伴天連、少しでも頭の働く者ならそう考える。天下人ではない大野木双悦もそのように考えていた。安定はいらない。戦は利益になる。

「まあ、そうでしょうね。それで豊臣でなければ、次はどなたですか。徳川様でしょうか。でも徳川様が切支丹に優しいとは限りませんよ。その先は、地獄かもしれません」

「それは預言ですか」

この女には少しばかり不思議な力がある。右か左か、どちらに進むべきか悩む者にいい方向を指し示す。それが、まどなの価値を高めているのだ。

「いいえ。そうではないかと思っただけです。長い目で見て、この国に切支丹が増えて何かいいことがありますか。国を守るということは綺麗事《きれいごと》では済みません」

このとおり冷静な女だ。騙すことはできないだろう。だから切支丹のために、などということは無理に強調しない。

「さすが、天下人のお考えや人柄をよくご存じのようで」

大野木は軽く皮肉を言う。

まどなの後ろに控える娘が、怪訝《けげん》そうに眉《まゆ》を寄せた。例の村の娘だ。お紋といっただろうか。顔だちは悪くないが、今しがた人でも殺してきたような、きつい目をしている。黒い眼帯をした隻眼なので、余計にそう見えるのかもしれない。

「ええ、存じておりますわ。小賢《こざか》しい商人とは比べものにならない、大きな考えのできる人です」

まどなは事もなげに言い切った。大野木の目つきが変わる。

「これは手厳しい」

「南蛮貿易だけなら利があるけれど伴天連はいらない。本音は大野木様も同じでしょう」

まどなは、この暗い洞窟《どうくつ》の中から世界を見ている。

なかなか表情を変えない。動じる女であれば、どんなに扱いやすいだろうと残念にも思う。だが、次の一手はどうだろう。

「いやいや、かないませんな。……ところで、亡くなられたというお子のことですが」

まどなの眉がわずかに動くのを見逃さなかった。それでとどめた精神力には舌を巻く。

「その話はおやめください」

「亡骸《なきがら》は見つけられなかった。そうでしたね」

今より十年前、秀吉は紀州《きしゅう》の根来衆《ねごろしゅう》と雑賀衆《さいかしゅう》を攻め滅ぼした。乱世で縦横無尽の活躍をした鉄砲軍団も、いかんともしがたい軍事力の差の前に消え去った。このとき、生き残った者を指導者として火の村に招いたのは大野木双悦だった。これにより、火薬の生産量は飛躍的に伸びた。

当時、高山右近の配下として根来攻めを偵察に行っていた大野木は、燃え盛る尼寺から赤い髪の女を助けだした。それがまどなだった。無謀なことをした。自身もこのとき足に火傷《やけど》をしている。その痕《あと》は今でも残っていた。しかし、まどなの娘がどうなったかは、杳《よう》として知れなかった。あの状況である、当然死んだものと思われた。

「あの子は死んだのです。わたくしの気持ちを弄《もてあそ》んで何が楽しいのですか」

声色を変えず、怒りを口にする女をじっと見つめた。

「あなたはおっしゃった。娘を亡くして、人の心もなくなりました。誰かを愛《いと》しく思う感覚も……と。だから私はあなたに娘さんを取り戻してほしかった。……以前にお伝えした、陸奥《むつ》の山中に赤髪の娘がいるという話は、嘘《うそ》ではありませぬぞ」

陸奥とも商売上の関《かか》わりがある。そこから漏れ聞いた話だった。その真偽を確かめるために草も送った。

「陸奥とは。それがあの子だとおっしゃるのですか。そこまで広げれば、この国にも赤い髪の子の一人や二人いるでしょう」

「せんじゅ、と呼ばれていたということです」

今度こそ、大野木は勝利を確信した。教えてもらえなかったが、これが死に別れたという娘の名前なのだ。まどなの表情が劇的に変化した。唇が震えている。

「今、草の者に詳しく調べさせています。再会できることを祈っておりますよ」

「大野木様っ」

まどなが言葉をなくしているからだろう、今まで一言も発しなかったお紋が大野木を睨《にら》みつけて言った。

「まどな様はお疲れです。今日のところはお引き取りください」

火の村の小娘がここまで言うとは。大野木は驚いたが、ここは退散したほうがよさそうだった。それほどにまどなの顔色は悪い。この女に今死なれては困る。

まどなのもとには不幸な女がよく集まる。不幸な女はいい〈商品〉になる……。

「それでは、これにて失礼いたしまする。――お紋と言ったな。まどなを頼む」

睨みつけてくる娘の視線を軽くかわし、大野木は外へ出た。

暑いが、それでもあの陰気な洞窟よりはましだ。天を仰ぎ、身体を伸ばした。廉次が馬を牽《ひ》いて近づいてくる。

町にいればどこにでもいる町人となり、村にいればいかにもな百姓にしか見えない。その平凡な顔だちは何色にも染まる。忍びの鑑《かがみ》ともいうべき容姿の男だった。もともとは甲《こう》賀者《がもの》だが、故あって親の代にはぐれ者となり、今は大野木に仕えていた。

こういう忍びを何人か抱えている。甲賀者、伊賀者《いがもの》、座頭衆、透波《すっぱ》に南蛮流の者まで。一族から外れた者を雇う。中には大野木に仕えることなく、一回ごとに仕事を請け負う手練《てだ》れの忍びもいて、重宝している。

馬にまたがり、金平糖を一つ口に入れた。

「まっすぐ帰るぞ。何か新しい報せが届いているかもしれぬ」

廉次は黙って肯《うなず》く。

「仁吉《じんきち》から連絡があればいいのだが。あれは腕はいいが、融通がきかぬからな」

主人のつぶやきに廉次はいっさい応えなかった。そのような立場にないことを充分に理解しているので、独り言として聞き流す。大野木もまた、廉次のことなど虫けらほどにも思っていなかった。忍び崩れなど血の通わぬ草にすぎない。

(まどなをもう少し利用したいが……)

人寄せとしてだけでなく、もっと使《つか》い途《みち》のある女だ。

なにしろ、あの女が産んだ子どもの父親は——。

これはとっておきの秘密だ。もう少し、胸の内に秘めておかなければならない。

助けだしたあと四、五年は、人寄せとしても、まどなは使いものにならなかった。半ば気が触れていたのかもしれない。ほとんど口をきこうともしなかった。

もっともそれはそれ。堂に籠《こ》もり祈り続ける生きたまりあ観音、などと適当に名づけ、小窓からその姿を拝めるようにした。するとわかりやすい信仰の対象は評判を呼んだ。精霊洞を造り、そこに住むようになってから、ようやくまどなは回復し、切支丹たちとも多少の交流ができるようになっていた。

『あなたの心に神がいればそれでいいのです。同志を増やそうなどという考えは、いつかあなたの子や孫を不幸にする』

まどなが話す内容は、ほとんどそれだったから、いささか扱いにくいところはあった。

大野木双悦が何故《なぜ》自分を保護しているか、あの女は察している筈《はず》だ。その裏で何が行われているのかも。これは駆け引きだ。

（ぞくぞくする）

女にはさほど興味がなかった。だが、不思議なことにあの女だけは別だった。十年関わってもまだ飽きない。男を破滅に誘い込むような目をしている。

まどなの目を思い出し、左手の甲に唇を寄せた。先ほどまどなが触れたところだった。

（おれは、太閤になど負けない）

大野木は馬上でほくそ笑む。

まどなの娘を確保すること。それが肝心だった。

大野木双悦が帰ると、まどなはすぐに寝室に戻った。

震えたまま横になったまどなに寝具をかけてやりながら、お紋は困惑していた。今はそっとしておくほうがいいとわかっていても、言わずにはいられなかった。

「あの男が言うことなど、嘘に決まっています」

本当は、あなたの子が生きているわけがない、惑わされるな、と叫びたかったのだ。

「国から逃げ出した赤い髪の娘がいたわ……カテリナというの」

まどなが身の上を語っているのだ。

南蛮というと大雑把なくくりのようだが、これは葡萄牙《ポルトガル》と西班牙《スペイン》をさす。現在この二国を一人の王が統治している。この二つの国境の村に一人の少女がいた。赤い髪とよく当たる占いのせいで、魔女の疑いをかけられた——そういうことだ。

南蛮なら、髪や目の色は人それぞれ違って当たり前ではないのか。神の下では皆平等であると説いていたのは金髪の宣教師だった。どの国の者でも、偉そうにしている奴に限って言っていることは矛盾だらけだ。

「人買いに捕まり、船に乗せられ、この国の支配者に献上品として差しだされたわ。次には、その男が家来に褒美としてくれてやった。身籠《みご》もったカテリナは尼寺に預けられ、そこで子を産みました」

まどなは天井を眩しそうに見つめたまま、淡々と語った。一旦《いったん》、口籠もり目を閉じる。

「初めて幸せを感じた日々でした。しばらくは落ち着いて暮らすことができたけれど、ある日、戦が起きて寺も焼け、カテリナは子どもを失ったの」

小さく息を吐き、最後につぶやいた。

「……千寿《せんじゅ》」

それっきり、まどなは口を閉ざし、お紋に背を向けた。

一人にしてほしいという意味だろう。痩せた肩はこれ以上話すことを拒んでいる。お紋は部屋を出ていくしかなかった。

帰りがけに、やってきた宣教師とすれ違った。頭頂部の髪を剃《そ》るという形は月代に似ているかもしれない。その小柄な南蛮人は、お紋を見て笑いかけた。

「お紋さんでしたね。カテリナ殿はおられますか」

「カテリナではない、まどなだ！」

宣教師や修道士たちは、まどなをカテリナと呼ぶ。まどなとは神の子の母のこと。ゆえに彼らは一人の女をそう呼ぶわけにはいかないのだ。いつもなら心で舌打ちするくらいで、言い返したりはしないのだが、今はそういうことすら許せなかった。

「な――何を？」

この宣教師の世話係なのだろう、若い日本人修道士が目を剝《む》く。彼らにしてみれば〈まどな〉の呼び名を大目に見てやっているのだ。まどなが何者なのかもわかっていない。

「大野木様がいらしたせいで、まどなは具合が悪い。この上、おまえらに会ったら命が縮む。近寄るな」

まどなが南蛮人と会いたがらないのは事実だ。今日初めてその理由を知り、お紋はいきり立っていた。何もかも許せない気持ちだった。二人の男を押しのけて出口に向かう。

「申し訳ございません、カラスコ様」

「いやいや、じゅりあん……お身体が悪いのであれば仕方のないことです」

村外れの地蔵みたいな顔をして、何が〈じゅりあん〉だ。

隻眼の小娘の非礼を詫《わ》びる声と、困惑する片言の日本語が聞こえてきたが、お紋には雑音ほどにも聞こえていなかった。

とぼとぼと歩き、村へ向かう。焼けるような陽射《ひざ》しに汗がしたたり落ちる。

自身の口から語られた、まどなの半生を思った。

胸が悪くなるような怒りが込み上げてくる。どこの神仏もまどなを助けなかったのだ。子どもが生きているかもしれないというのは、吉報なのかもしれない。まどなは動揺しているが、もし生きて会えればそれは幸せなこと。

だが、お紋はいやだった。

（るちやは、あたしだ。まどなは、あたしだけのものだ）

今更、本当の娘とはなんだ。冗談ではなかった。なんでそんなものが現れるのか。見たことも会ったこともないその娘が憎かった。

生きているというのなら、この手で殺してやりたいくらいだ。

五年ほど前か。初めてまどなに会ったときのことを思い出す。

精霊洞ができたばかりで、まどなの世話をする女がほしいと、一時的に駆り出された。当時、村の娘に絡んでくるいやな男がいた。お紋は気が強く、手込めにされかかっても股間《こかん》を蹴《け》り上げて逃げたが、そのせいでいやがらせをされるようになっていた。その男と同じ場所で作業をしなくて済むのであれば、馬の小便を運ぶ仕事だろうが、得体のしれない女の世話だろうが、なんでもよかったのだ。大野木双悦の使いがきたとき、お紋は即座に志願した。

実際、楽な仕事だった。まどなは威張り散らすこともない。切支丹の考えを押しつけてくることもしない。物静かで、お紋に対しては礼を言う。

仕事が終わって帰ろうとしたとき、まどながお礼にこれをと、かすてらを差しだしてくれた。初めて見る南蛮の菓子は、黄金色をして甘い匂いを放っていた。きっと夢のような味がするのだ。楽な仕事をさせてもらった上に、こんなすごいものを受け取っていいのか、お紋は躊躇《ちゅうちょ》した。

遠慮するお紋の手を取り、まどながかすてらを持たせた。そのとき、はっとしたようにまどなは顔を上げた。

「帰ってはいけません……いえ、今夜は泊まってほしいの。夜、一人は怖いから」

お願い——まどなはそう言った。確かにこんな洞窟の中に寝泊まりするのは誰でも怖いだろう。だが、まどなはそんなことを気にする女には見えなかった。生き神様かなにか知らないが、喜怒哀楽を持たない女。そう感じていたので不思議だった。

まどなの依頼であれば、そうするしかない。その日、お紋は精霊洞に泊まった。まどなの周りに蛍が集まってくるのを、畏怖《いふ》を持って眺めていた。

翌日、村に戻ると大変なことになっていた。昨夜、炮烙玉に火がつき大爆発が起こったというのだ。三人が亡くなり、八人が怪我《けが》をした。死んだ者のうち一人が、お紋に乱暴しようとしたあの男だった。もし昨日帰っていたら、お紋もおそらく死んでいただろう。

偶然なのか……？

このときはわからなかったが、数日後、まどなは身籠もっている信者の女に、火に気をつけるようにと言った。その夜、女の隣家から火が出て数軒が焼けたらしい。女が気にしていなければ、一家は逃げ遅れていたかもしれないという。

そこから〈ご神託〉〈預言〉などと評判になり、瞬く間にまどなは神がかった存在に祭り上げられた。伴天連たちより求心力があるので不満に思う者もいたようだが、なんであれ切支丹は増えた。そのうち身よりのない若い女が何人か、大野木双悦の計らいで密かに伴天連の国へと船出していったという話も耳にした。

どうせくだらない命だ。あのとき爆発で死んでもかまわなかった。だが、まどなはそうは思っていないようだった。死なせたくないと思ったから、あの夜、泊まるように言ったのだ。ご神託とやらより、そのことに胸が震えた。今まで誰にも、そんなふうに思われたことはない。

お紋の中で、まどなは神格化していった。切支丹とはなんの関係もないところで。

そして、娘《るちや》になった……。

――あたしが、まどなの娘だ。

もやもやした気持ちが滾《たぎ》っていた。村に戻ってきてもそれは収まらなかった。

馬の小便臭くて貧乏臭い村。なんの希望もない。何をしているか、人に話すこともできない惨めな村。本当のまどなの娘なら、こんな暮らしはしていないのだろうか。もっと綺麗で優雅に微笑んで、母に似た白い手をして。……お紋はのけぞって絶叫したくなった。

そのとき、遠くで銃声がした。

「逃がすな、殺せ」

「回れ、あっちだ」

男たちの声がする。この村の秘密を外部の者に知られたのだ。おおかた山を抜けようとした関所破りの旅人が迷い込んだのだろう。関所を通れないような後ろ暗い理由のある奴ならば、殺したところで問題になることもない。

お紋は家に入ると、すぐさま鉄砲を準備した。そのまま声のするほうに向かって走りだす。獲物を追う目になる。

仕留められないのか、銃声が続く。何発も撃てば、その音で誰かに気づかれるかもしれないというのに、不用意な奴らだ。

すでに山に逃げ込まれているのだろう。ならばこちらに逃げてくる。向こう側は海で、手前は崖《がけ》だ。山のことならお紋はよそ者より詳しい。

獲物の逃げ道を読んだ。ざくざくと草木を分け入って進み、先回りをする。脚絆《きゃはん》などはつけていないので、脚が草や枝で切れていくが、気にしている暇はない。

殺す——それ以外、頭になかった。

草深い坂を駆け上がると、木々を縫うように走ってゆく男が見えた。

村人ではない。あれが侵入者だ。

即座に銃を構え、獲物に狙《ねら》いを定める。人は大きく鈍い。動いていても兎《うさぎ》や狐を仕留めるより遥かに楽だ。

（まどなの娘は、あたしだけだ！）

胸の内でそう叫ぶと、お紋は容赦なく引き金を引いた。

3

夏が京を焦がす。

熱い風に血の臭いが運ばれてくるようだった。

大野木双悦は摂津の本宅から、伏見と聚楽第の中間あたりにある別宅に移っていた。このほうが政《まつりごと》の動きを早く摑《つか》むことができる。

ことは秀次の切腹だけにとどまらなかった。

親しい関係にあった者たちにも、粛清が飛び火しようとしていた。だが秀次は仮にも関白だ。まったく関わりのない有力者を探すほうが難しいだろう。

大大名ですら大騒ぎするほどだ。秀次の妻子の命など、風前《ふうぜん》の灯火《ともしび》だった。秀次は男児に恵まれていたが、その子たちは間違いなく全員処刑される。それが世の習いだ。

連座の線引きがどこでされるのかは知らないが、いずれにせよ大名たちの慌てぶりは見ものだろう。笑いが止まらない……と言いたいところだが、大野木にそんな暇はなかった。秀次やその身内から借金をした者たちが、こぞってこちらに金を借りにきているからだ。今のうちに借り換えて太閤に金を返しておかなければ、共犯とされてしまう。

こちらもせいぜい貸しを作っておくとしよう。これが商人の戦いだ。

情報は次々と入ってきた。常陸介《ひたちのすけ》・木村重滋《きむらしげこれ》は処刑。秀次の実父である三好吉房《みよしよしふさ》が改易。対馬守《つしまのかみ》・山内一豊《やまのうちかずとよ》は八千石加増などなど……極楽行きと地獄行きがきっぱりと分かれるのだから、政とは実に面白い。未《いま》だ武士であったなら、大野木もこれに巻き込まれていたのだろうが、高みの見物ができるのだから、身分など捨てて正解だった。

この夏は、裏の交易も控えていたのでちょうどいい。

南蛮宣教師にカラスコという面倒な男がいた。今年になって、イエズス会から日本に派遣されてきた三十路《みそじ》の小男だ。十年以上前、見習いとしてこの国に長期滞在していたことがあり、さほど言葉に不自由していなかった。

後ろ暗い取引を停止しているのは、この男のためだった。なにしろ買収されない。女や美童をあてがっても見向きもしない。母国の征服事業には嫌悪感しか持っていない様子で、あるのはひたすら、神の教えを広めたいという真摯《しんし》な気持ちだけだ。その上、日本語がわかるのでごまかしが利かない。

大野木双悦にとって、これほどやりにくい南蛮人はいない。

温厚な性格で評判もいい。精霊洞にも出入りし、信者を増やしてくれてはいるが、あそこにはまどながいる。同胞ということで、あの女が気を許してあれこれ話してしまうのではないかと、大野木はひやひやしている。今のところは、まどなのほうが接触を避けているようだが……。

まどなとは十年の付き合いだ。その間、男女の情のようなものを感じたこともあった。強引に抱いてしまうには身体が弱く、歳月だけが過ぎた。未だにあれの考えていることはよくわからない。

……胃が少し痛む。父親も胃の腑を患い、四十で死んだ。自分も来年は四十。こういう体質は受け継ぐものだ。

『お痩せになりましたね』

まどなの声が響く。

(死に花か……)

成功した商人。それでいいのか。

数日前、火の村に侵入者があり、始末したという報告を受けた。

今後の商売を考える岐路に立たされているのかもしれない。場合によってはあの村を処分する必要もあるだろう。中の連中も含めて。……いい機会かもしれない。

旦那《だんな》様、と襖の向こうから廉次の声がした。

「どうした」

「仁吉より報告が届きました」

大野木は襖を開けると、文を受け取った。仁吉はお抱えの忍びではない。金は前払いしてあるので、これにてお役御免ということだ。しがらみを嫌う優秀な男だった。

「そこで待っておれ」

廉次にそう言い、文に目を通す。

陸奥の山で暮らす赤髪の千寿という者についての調査結果である。この国の地理を知り尽くし、各地の方言も使いこなす仁吉は、こういう仕事にはうってつけの忍びだ。

『赤髪の娘千寿、津田小三郎《つだこさぶろう》なる鉄砲鍛冶《かじ》に育てられる。この父娘は十年ほど前から陸奥に住みついていたと思われる。陸奥では鉄砲鍛冶を手伝う傍ら、その銃を使い猟をしていた。この春、小三郎が病にて没する。千寿、まもなく旅僧に身をやつし、陸奥を離れる』

仁吉はそのあとを追ったようだ。詳しいことは書かれていないが、何度か見失いながらも、うまく千寿と接触したらしい。

津田小三郎……やはり根来の落ち武者だろうか。根来の総大将だった津田監物《けんもつ》の縁戚《えんせき》かもしれない。そんな男に育てられたのだとしたら、これはまた何たる因縁か。

大野木双悦は、考え込みながら続きを読む。

『母親が南蛮人――本人曰《いわ》く』

『母親は娘に、るちやと名づけた――本人曰く』

千寿がそう言っているのを聞いた、ということか。真偽のほどはわからないということだろう。しかし、本人の口から語られたのを聞いたのであれば問題はない。

やはりこれは、まどなの娘だ。鉄砲を扱い狩りをするとは、たいした女丈夫のようだ。

最も驚いた記述は、次の一文である。

『母の仇《かたき》を追い、上洛《じょうらく》を目指している――本人曰く』

『千寿なる娘、まもなく京へ入る。以上』

声をあげて笑った。驚く廉次をしりめに笑い続ける。これほど面白いことがあるだろうか。千寿は母親が死んだと思い、仇を討とうとしているのだ。あの戦は誰が起こした？

つまり千寿が仇と考えているのは、太閤秀吉その人であろう。そしてそれは――。

大野木双悦は、息が苦しくなるまで笑い続けた。

父親である太閤を討とうとは、なんと豪快な娘であろうか。

そこまで母想《おも》いならば、手を貸してやらねばならない。

誘っているのか、天下を獲《と》ってみろと。

そのための手駒《てごま》が揃《そろ》う。戦だけが頂に至る道ではない。……金と頭だ。

何度となく勝負をしてきた。勝ち続けたからここにいる。私は、負けない。

第四章　京へ

1

あと半刻《はんとき》も歩けば、近江《おうみ》の宿に到着する。

もう少しで上洛《じょうらく》を果たすのだ。陸奥《むつ》からここまでやって来た。

真夏の空を見上げながら、お天道《てんと》様も少しは手加減してほしいものだ、と千寿《せんじゅ》は思っていた。千寿自身は日焼けも気にしないが、関白の新妻はそうもいくまい。

こんなに黒くなっていたら、まずいのではないだろうか。さすがの晴姫《はるひめ》も心配になってきたようだ。涙の別れで故郷を発《た》ち、途中で兄や家臣まで失って、まさに満身創痍《そうい》。そうまでして京へ来たのだ。出立したときより遥《はる》かに重いものを背負っているだけに、関白に追い返されでもしたら。

「もし、このようにこんがり焼けた女などいらんと言われたら、どうしましょう」

晴姫は陽射《ひざ》しを気にして、笠《かさ》を深くかぶり直した。

「気にするな。面白い姫だと、却《かえ》って気に入られるかもしれん」

千寿自身は元気よく日焼けしている者のほうが好きだ。子どもの頃は、登世《とせ》の褐色の肌がうらやましかったくらいだ。

「なんでも関白の妻妾《さいしょう》は、上は六十、下は十二だというぞ。それが本当なら、好みの女の幅はかなり広そうだ」

晴姫は丸い目をさらに丸くした。

「そうなのですか」

「宿場で聞いた噂《うわさ》だ。いずれにせよ晴姫のよさがわからぬなら、たいした男ではない」

晴姫は嬉《うれ》しそうに笑ったが、前を行く謙吾《けんご》は渋面で振り返る。

「千寿殿、どこに耳があるとも限らん。少しは慎め」

相変わらずの態度だ。どうやら姫と千寿の仲がいいことを面白く思っていないらしい。

周りには田畑が広がっているが、今は人っ子一人見えない。不思議なことに幻刃《まぼろは》たちもあれから姿を見せなかった。晴姫も同じことを思ったようだ。

「そういえば、鉄砲を狙《ねら》った忍びが現れなくなりましたね」

「諦《あきら》めたのならいいのですが……」

謙吾はあたりを見回し、顎《あご》の下の汗を拭《ぬぐ》った。

「任務である以上、幻刃は絶対に諦めない」

「幻刃というのは、短めの総髪で切れ長の目をした若い男の人ですか」

襲ってきた忍びたちの顔を思い浮かべているのだろう。晴姫が訊《たず》ねた。

「そいつだ。奴《やつ》は変装も得意だ。気をつけてくれ」

あの男の場合、なまじ色男なので印象に残りやすい。だから普通の町人などの恰好《かっこう》をあまりしない。変装するとすれば、近づいても別人にしか見えないくらい徹底的にやる。

「おれが奴なら、おまえが一人のときを狙う。そういうやり方に変えたのではないか」

謙吾の言うことももっともだ。京に着けば千寿が再び一人になることを向こうは知っている。ここで無理をすることはない。だが京で事を起こすより、街道のほうが人目につきにくい。大きな町でひとたび見失えば捜すのも難しくなる。幻刃はどちらを選ぶのか。

「千寿様、それなら京に着いてからもずっと一緒にいませんか。わたしの侍女ということにして聚楽第《じゅらくだい》に入れば、黒脛巾組《くろはばきぐみ》だって手も足も出ません」

いい考えを思いついた子どものような笑顔で晴姫は言った。

「この世にただ一つの銃を持って、聚楽第に入るのはどうかと思うぞ」

晴姫は俯《うつむ》いた。

「……駄目でしょうか」

「言っただろう。わたしは仇討《あだう》ちのために京を目指している。幻刃はそれを知らない」

そして仇《かたき》は聚楽第ではなく、伏見《ふしみ》城にいる。

「どのような方が仇なのかは存じませんが、仇討ちなどすれば、千寿様もただでは済まないのではありませんか。返り討ちに遭うかもしれません。捕まるかもしれません。わたしは千寿様を死なせたくない。咎人《とがにん》にもしたくない。そう思ってはいけないでしょうか」

謙吾が止めるかと思ったが、何も言わなかった。答えを待つように、じっと千寿をまぶしそうに見ていた。もしかしたら謙吾にもまた、できることなら仇討ちを止めたいという気持ちがあるのかもしれない。

その気持ちはありがたい。だが、これだけは曲げられないというものもある。

「……必ず仇を討つと決めているわけではない。向こう次第だ。だから晴姫は、そうならぬよう祈っていてくれ」

晴姫は俯いたまま、小さな声で、はい、と応《こた》えた。

「宿場が見えてきました」

謙吾が前方を指さした。黒い塊のような、近江の宿場が遠くに見えた。

宿場に入ったときには、陽もすっかり西に傾いていた。ここまでくれば聚楽第のある山《やま》城《しろ》国は目と鼻の先。

もちろん、晴姫もいきなり聚楽第に入るわけではない。熊谷《くまがい》家は京に別宅を持たないため、伏見にある最上《もがみ》家の屋敷《やしき》の離れを借りることになっていた。まずはそこを目指すことにする。そこで旅の疲れをとり、輿入《こしい》れの最後の支度をするのだ。

晴姫との別れが近い。そんなことばかり考えていたせいか、宿場の雰囲気が尋常でないように思えた。ざわざわして、どことなく重い。閉ざされているような気がする。

しかしそう感じたのは千寿だけではなく、謙吾も怪訝《けげん》な顔をしていた。

「なにごとかあったのか」

すると、必要なこと以外は滅多に話さない仁吉《じんきち》が、ぼそりとそれに応える。

「戦ん噂が出ると、こぎゃん感じたい」

謙吾がぎょっとして振り返った。

「まさか――いや、聞いてくる。先に宿でやすんでいてくれ」

そう言って、情報を集めに行く。晴姫は首を傾《かし》げた。

「このあたりで戦が起こりそうなどという話は聞いていません。そんなことがあるなら、父上も輿入れの時期をずらした筈《はず》です」

「とにかく、謙吾が戻ってくるのを待とう」

いつの間にか、千寿も黒崎《くろさき》殿ではなく謙吾と呼ぶようになっていた。

宿をとり、足を洗い、ほうと息を吐いて身体《からだ》を伸ばす。謙吾が戻ってくるまでは、それくらいの時間しかかからなかった。

黒崎謙吾は皆を一室に集めた。日焼けした顔からは血の気が引いている。その様子に、本当に大きな戦でも起こっているのかと千寿も不安になる。

「謙吾、いったい何が」

逸《はや》る晴姫に、お待ちくださいと断り、この熱い中、謙吾は戸と窓を閉めた。姫の前に正座すると、声をひそめて絞り出すように告げた。

「秀次《ひでつぐ》公が、ご切腹なさったそうです」

晴姫はあっけにとられた。

後ろにいた千寿と、部屋の隅で控えていた仁吉も、驚きのあまり息を呑《の》む。仮に秀次が病死したというのであれば、それほどの驚きには値しない。どれほどの剛の者でも、健やかな若者でも、急な病で命を奪われることは珍しくない。だが、謙吾はこともあろうに秀次が切腹したと言ったのだ。

豊臣《とよとみ》秀次は関白だ。天下人なのだ。それが自ら腹を切るとはなにごとか。関白に切腹を命じることができるのは、この世にただ一人しかいない。

「……太閤《たいこう》のご命令か」

千寿は謙吾に詰め寄った。

「それしかないだろう。詳しいことはわからぬ。高野山《こうやさん》にて謹慎するよう命令が出て幾日もたたぬうちに切腹を命じられたらしい。その首もすでに三条河原《さんじょうがわら》に晒《さら》されているとか」

晴姫の膝《ひざ》の上に置かれた手が震えていた。輿入れする相手の男は、すでにこの世にいなかったのだ。まだ戦のほうが理解できただろう。

「腹を切らせた上に、首を晒したというのか。相手は仮にも関白。太閤にとっては血を分けた甥《おい》ではないのか。それをここまで辱めるとは……何があったというのだ」

初めて千寿は強い憤りを見せた。謙吾もただ首を横に振る。

「だから、まだよくわからぬのだ。謀反の疑いをかけられたのではないかと言う者もいれば、関白様に悪《あ》しき所行があったために、太閤の怒りを買ったと言う者もいた。京は騒然としているらしい」

この有り様だ。庶民ならば不安に感じるくらいで済むだろうが、家臣や大名らの間には激震が走っているに違いない。

「……とにかく、父上にお知らせしなければ」

かろうじて晴姫が口を開いた。謙吾が肯《うなず》く。

「書状をしたため、早朝早馬を頼みます。お館《やかた》様は越中《えっちゅう》の寺で養生しておられる筈」

仁吉は首筋を伝う汗を拭った。

「で、姫様はどげんなさる。おいは京で別れんといかんけん」

謙吾は考え込む。

「そうだな、明日京に入り、最上様のところへ荷物を――」

「それは駄目だ」

千寿は謙吾の声を遮った。

「最上家には行くな。連絡をとってもならん」

いつになく強い口調に、謙吾が眉根《まゆね》を寄せる。熊谷家のことに、ここまで千寿が口を出したのは初めてだった。

「なにゆえ?」

「わからないのか。関白が自刃し、首まで晒されたのだぞ。関白だけで済むと思っているのか。少なくとも秀次公の若君たちは殺される。そして、それでは済まないかもしれない」

晴姫と謙吾は揃《そろ》って息を呑んだ。千寿は、関白の妻妾もこの件で処刑されるかもしれないと言っているのだ。

「まさか、そんな」

「いえ……姫様、確かに千寿殿の言うとおりです。先の奥羽仕置《おううしおき》では、降伏後にもかかわらず、女子どもを含め九戸《くのへ》氏の一族郎党が殺されました。あの戦の総大将は奇《く》しくも秀次公です。人の道に反していても見せしめに、太閤はあえてやるかもしれません」

謙吾は、ぎりぎりと歯を食いしばる。

「それでは、わたしはいったい……」

　どうすればいいのか。晴姫は混乱した目を千寿に向ける。

「晴姫、よく聞いてくれ。ひどいことを言うようだが、もしわたしの懸念が当たっていれば、先に京に着いている最上の駒姫《こまひめ》も危ないだろう。つまり今、姫が行けば、同じように関白の側室として仕置の対象になるかもしれないということだ。わかるな？」

　悲鳴をあげかけ、晴姫は唇を両手で押さえた。この暑い部屋の中、幼い顔が青ざめる。

「駒姫が……！」

「気に病むな、まだわからない。髪を下ろし尼になるくらいで済むかもしれないが、今は最悪の事態を考えて行動すべきだ。最上家も駒姫のことで大変難しい立場に立たされているだろう。晴姫が来なくとも気にかけている余裕はない。今はここで様子を見よう」

　千寿は謙吾に向き直る。

「謙吾、おまえは明日、一人で京へ行け。連座がどうなるのかの動きの確認と、関白の妻妾のことを調べてこい。あとは熊谷の殿様の判断を待つのが最善だ」

　千寿から偉そうに指示されていたが、謙吾は素直にこくこくと肯いていた。今、最も冷静に事態を判断できているのが千寿であることは、認めざるを得なかったのだろう。

「わかった。千寿殿は姫を頼む」

「いやです！」

晴姫が叫んだ。

「ここでじっとしているなどできません。わたしも京へ行きます」

涙を堪《こら》えていた。駒姫が心配で、今すぐ駆けだしたい気持ちなのだ。

「事は姫だけの問題ではございません。姫の連座が問われれば、熊谷家にも累が及ぶ、ということなのです。関白と関《かか》わりのあった者すべてが今、生きるか死ぬかの瀬戸際にいるのです。おそらく最上様もです。熊谷家がお取り潰《つぶ》しになり、お館様が切腹することになってもよろしいのですか！」

謙吾に厳しく叱責《しっせき》され、晴姫は唇を噛《か》んだ。

「場合によっては晴姫は、山賊に襲われて亡くなったことにしなければならないかもしれない……それほどのことだ」

そう言うと、千寿は立ち上がって窓を開けた。これ以上議論の余地はない、という意味だ。夕方の涼しい風が入ってくる。汗がひいてきた。

「……わたしは、熊谷の家のために輿入れを受けました。今、わたしは存在してもいけないということになったのでしょうか。あのとき、わたし一人が死ねば……」

堪えていた涙が、あとからあとからこぼれ落ちた。

「兄たちではなく、わたしが死ねばよかった。わたしが……」

そんな姫の様子に皆、胸を痛めていたが、かける言葉がない。

「……姫、今日はもう、やすもう」

千寿はその身体を支え、隣の部屋へ連れてゆく。

晴姫は横になっても泣き続けていた。千寿に背を向け、小さな背中を震わせていた。


仁吉に晴姫の見張りを頼み、千寿と謙吾は宿を出た。夕陽に染まる琵琶湖《びわこ》まで出る。あたりに誰もいないことを確かめてから、二人は湖畔で腰をおろした。

湖面は朱色に煌《きら》めき、疲れきった旅人をせめてもと慰めた。

「……礼を言う。かたじけない」

肩を落として謙吾が告げた。その様子は、途方に暮れた十七の若者でしかなかった。

「姫の前では、そんな顔を見せるなよ」

晴姫の世界は崩れてしまった。小娘一人ではどうにもならない無慈悲な現実に打ちのめされている。せめて自分と謙吾だけでも、いつもと変わらぬ顔で支えなければならない。

「わかっておる……んだども、あんまりだ。こんだごとが」

謙吾は袖《そで》で両目を拭った。相手が千寿だと気を遣う必要がないからか、つい国の訛《なま》りが出てしまうようだ。もちろんそれだけ懊悩《おうのう》しているというのもあるだろう。

「姫が何をしたというんだ。あまりにもお可哀想《かわいそう》で……」

晴姫に対しては厳しく接することが多い謙吾だが、本当は愛おしくてたまらないのだ。どれほど辛《つら》い思いをしてここまで来たか。その挙げ句にこれなのだ。今度は熊谷家に、関白の側室などいてはならないと思われる――そういう事態になってしまった。

晴姫を不憫《ふびん》に思う気持ちは千寿も同じだ。だが、嘆いている暇はない。今、どう動くかで姫とお家の命運は決まる。

「とにかく姫が生きていることを知られないのが肝要だ。死んでしまった人は罰せられない。山賊に襲われたことは噂になっているだろう。それをうまく利用するしかない。まず姫が怪我《けが》をしたことにしておくのがいいだろう。関白の妻子がもし殺されることになったら、そのときは、姫は回復することなく亡くなったと公表する。もともと、この縁組みは駒姫の添え物だったそうだな」

「ああ……」

「ならば、関白との繋《つな》がりを見せないようにすることだ。そのためには、最上様との関係も問われないように気をつけなければ。殿様への書状には、わたしがそう言っていたと書き添えてくれ」

熊谷家にとって不義理な対応を迫ることになるのかもしれない。だとしても、千寿は晴姫を守りたかった。

やはり太閤は、冷血極まりない男なのか……千寿の気持ちは重く沈む。後継者と決めた筈の甥を殺すのだ。肉親の情すらないと思うほかないのか。

　この一件は、千寿の仇討ちにも関わってくる。今までは老いた太閤を討ったところで、関白がいれば世に大きな影響を与えることはないと思っていた。しかし、こうなってしまうと、そうはいかない。ここで太閤まで死ねば天下はひっくり返るだろう。

　手前勝手な恨みのために、関係のない者が死ぬのだ。戦になればどれほど大勢の人が巻き込まれるか。

（わたしたちがそうだったように……）

　千寿はその重さに耐えられそうになかった。

「書状か……お館様のお気持ちを思うと、それすら辛いな。我ながら情けない」

「謙吾はよくやっている。案ずるな、殿様たちが合流してくるまで共にいて姫を支える。赤髪の偽坊主でも、いないよりはましだろう」

　すまない、と応えて謙吾は顔を上げた。

「女のおまえに励まされるとは、おれはまだまだだな。どうすれば、そんなに肝が据わるのか。いったい何者だ、おまえは」

　初めて会ったときと同じようなことを言われて、千寿は少し笑った。太閤を殺そうとしている女だからな――とは、もちろん口にしない。

「わたしにはもう捨てるものはない。それだけのことだ」

謙吾は千寿の背中の銃に目をやった。

「仇討ちはいいのか」

「晴姫を守るという仕事を引き受けている。そちらが先だ」

自分のことは、この件が落ち着いてからでいい。

「おまえは、なしてこんな事態にも対応できる？　山暮らしの者とは思えん」

「……親父様《おやじ》が根来《ねごろ》の落ち武者だった。洞察力があって、偏ったものの見方をしない公正な男だった。生きることにおいて、わたしの師だ」

おまえは世捨て人にはなれん、世の中がおまえを放っておかない。おまえの中の血がそうさせない。だから、世の流れを知らねばならぬ——津田小三郎《つだこさぶろう》はそう言った。

喰《く》うか喰われるか、はどこでも変わらない。だが、山の中はその関係がもっと単純だった。それに比べて、人の世のなんと複雑なことよ。小三郎に教わっていた世の習いが、このように役立つとは思わなかった。

「幻刃が現れなくなったのは、このためだったのか。京にこれだけのことが起きていれば、そちらの情報収集をするだろう。関白とまったく縁がなかった大名などいない。伊達《だて》にとっても存亡に関わる問題だからな」

関白と関わりを持たないほうがいい、と幻刃が言っていたのはこういうことだったのだ。

「伊達様ほどのお方でも……」

謙吾は頭を抱えた。

「陽も落ちた。戻るぞ。腹が減っては何もできん」

そう言って、千寿はしょぼくれる若者を立ち上がらせた。

仇討ちする前に、太閤から先制攻撃を喰らったようなものだ。負けていられない。


早めに寝て、夜明けと共に起きる。

黒崎謙吾はこれより単身、京へ向かうべく脚絆《きゃはん》を巻いていた。気合を入れていたそのとき、千寿と晴姫が部屋に現れた。

「見送りはけっこうです。姫はやすんでいてください」

晴姫はそうではないとかぶりを振った。

「見送りではありません。わたしも一緒に行きます。駄目だと言われてもついていきます。決心しました」

あっけにとられた謙吾は、これはどういうことだと千寿を見る。

「晴姫はゆうべ泣きながら、ずっと考えていたようだ。止めたのだが、羽交い締めにするわけにもいかない」

すまん、と頭を下げた。千寿もまさか晴姫がここまで強情を張るとは思っていなかったのだ。もっと聞き分けのいい娘だと思っていたが、なかなかどうして言うときは言う。

「わたしにだって、曲げられないものはあります。そういうの、千寿様だけではございません」

そう言われてしまったら、どうにも反論できない。

「姫、なりません。これればかりは――」

泡を食う謙吾の前に座り、晴姫は若い家臣の目を見つめた。

「京にわたしを知っている方はどれほどいるでしょうか。ほとんどいません。それなら、ここにいても京で宿をとっても同じことです。要は、熊谷の姫、関白の側室に上がろうとしていた娘、そういうことが誰にもわからなければいいだけでしょう。……お願いです。じっとしていられないのです。駒姫の無事を確かめたいのです」

謙吾は困惑のあまり唸《うな》っている。

「……千寿殿は、どう思う？」

千寿は少し考えてから、こう言った。

「姫の言うことも一理ある。宿場にずっと滞在していれば、不審に思われるだろう。男のふりをしているのも限界がある。いっそ、京に出て拠点になる住まいを借りたほうがいいかもしれん。そうすれば、殿様たちが合流しても落ち着ける。もちろん、これは姫が無茶なことをしなければ、という話だが」

　味方を得て、晴姫の緊張が緩んだ。

「無茶などしません。約束します」

　謙吾は考え込む。

「しかし、屋敷を借り上げるとなると金子《きんす》のほうが……。お館様からは道中にかかる費用と、千寿殿への礼金しか預からなかったゆえ」

「わたしへの礼金ならあとでいい。すべてが片づいてからいただく」

　主従は千寿の配慮に感謝する。

「ありがとうございます、千寿様。――そうだ。打ち掛けなどを売りましょう。どうせもう必要のないものです」

　元花嫁はあっさりと花嫁道具の売却を提案した。そう言われても、まだふんぎりがつかない様子の謙吾に、とどめの一言が仁吉からかけられる。

「あん打ち掛けなら高く売れる。よか店を紹介します。こうしとる間にも、事態は動く。決めたんなら急いだほうがよか」

　かくして四人は、再び京を目指すこととなった。

2

どんよりした空は重く、とにかく蒸す。

湿気は暑さより体力を奪うが、千寿たちは山城に入った。まずは聚楽第からほど近いところに宿を取る。

ここでは仁吉がよく動いてくれた。千寿たちと違い、京の街にも詳しい。普段は寡黙な男だが、ここぞというところでは、まったく違った顔を見せる。

仁吉は巧みな交渉で、かつて反物屋だったという店を安く借り上げてきた。部屋が五つほどあり、大きさといい場所といい、いかにもちょうどよかった。奥羽の山奥から出てきた三人組では、こううまくはいかなかっただろう。

おかげで二日後には、屋敷に落ち着くことができた。これならば、宿のように他《ほか》の客に気を遣う必要がない。千寿も晴姫も気持ちが楽になった。塀に囲まれた小さな庭もあるので、ここで水浴びもできる。

その夜、歩荷《ぼっか》としての仕事を終えた仁吉と別れることになった。千寿たちは屋敷の前まで出て、寡黙な働き者を見送った。

「ありがとうございました。仁吉さんのことは忘れません」

男の恰好から娘の姿に戻った晴姫が礼を言う。京風の小袖《こそで》なども仁吉が用意したのだ。流行《はや》っているという辻《つじ》が花染《はなぞ》めの華やかな小袖は、晴姫によく似合っていた。

「何から何まで、助かった。仁吉がいてくれなければ、京で右往左往していただろう」

謙吾も深々と頭を下げ、礼を言った。

「こういうのも仕事のうちばい。これからが大変やろうが、きばってな」

立ち去ろうとした仁吉を、千寿が呼び止めた。

「そこまで送っていこう。……いい、姫はもうやすめ」

一緒についてこようとした晴姫を、手で制する。

仁吉と並んで夜道を歩き、人影が見えなくなったところで、千寿は切り出した。

「最後くらい、正体を見せてもらいたいものだな」

ただの歩荷にしては強すぎた。油断のない立ち居振る舞いにも、只者《ただもの》ではない空気を感じていた。だが、悪党とも思えなかった。草の者かと疑ってはいたが、朴訥《ぼくとつ》とした仁吉は、千寿のよく知る忍びとは雰囲気が違っていた。

「正体とはずいぶんな。尻尾《しっぽ》は生えておらんぞ」

「狐《きつね》や狸《たぬき》ならいいんだがな。これでもおまえのことは気に入っていたんだ。それより、九州訛りがなくなったところをみると、もう認めているんだろう」

ぼんの窪《くぼ》に手をあて、仁吉は月を仰いだ。

「熊谷の姫さんのことも鉄砲のことも誰にも言わないから、そこは安心してくれ。依頼された以外のことを伝える義理はないんでな。文にも書かなかった。もしかしたら、おまえさんが一番気になっているのではないかということも……まあ、あれだな。確証がなかったので、書いてはおらん」

仁吉は、奥歯にものが挟まったような言い方をした。

「……なんのことだ」

千寿の言葉に、そうか、それならいい、と仁吉は静かに応じた。

「おまえさんの〈家族〉については、育ての親のことくらいしか書いていない。つまり、報告書はもう送ったというわけだ。もちろん今日落ち着いたばかりの、あの屋敷のことも書きようがない」

千寿は手にした錫杖《しゃくじょう》を握り直し、構えた。

「どこの誰に頼まれた」

この男の狙いは鉄砲や晴姫ではなく、千寿の身元を調べることにあったのだ。

「すまん、それは殺されても言うわけにはいかない。抜け忍とはいえな」

錫杖が横殴りに風を切った。それを仁吉は小太刀で受け止め、押し返す。力では大柄な仁吉には勝てない。かといって京の街中で、背中の鉄砲をぶっ放すわけにもいかない。二人は向かい合ったまま、地面を擦るように後ずさった。

ぬるい風が吹いた。雲が流れる。

「法師サマ、いや、千寿。――おまえさんの父親は、誰だ」

仁吉がそう口にした。

千寿は固まる。意表を衝《つ》かれた問いだった。直後、月が雲に隠れた。

「それでは、おさらば」

闇《やみ》に紛れて駆けだした仁吉を、追いかけることはしなかった。

この暗さ。しかも相手は京の街を熟知した忍びだ。追うだけ無駄というものだろう。仁吉は月が隠れるのを予測して、あの一言を放ったのだ。月遁《げっとん》と呼ばれる術だった。

千寿は小さく首を横に振った。

（……父は津田小三郎だけだ）

それ以外にはいない。

仁吉は何者かに依頼を受け、千寿の素性を探っていた。あれが歩荷として姿を現す前からずっと、黒脛巾組とは別の気配を感じてはいた。あれが仁吉かその依頼者にまつわるものだったとしたら……。

いったい、誰がなんのためにそれを知ろうとしているのか。小三郎がいない今、千寿の生い立ちを知る者などいない。晴姫にわずかな断片を聞かせただけで、他には誰も知る必要がなく、千寿も話していない。もちろん、小三郎も口をつぐんだまま逝《い》った。

だが、京には実の父がいる。

（……奴なのか？）

そう思っただけで、千寿は動揺した。実際、他には考えられないのだ。千寿に関して、仁吉が知り得たこと……異人の片親、赤髪、女、陸奥山中で津田小三郎という鉄砲鍛冶《かじ》に育てられた——そのくらいか。いや、おそらく晴姫と二人きりのときの会話も聞いていたのだろう。異人は母親のほうであるということ、千寿の他に〈るちや〉という名前があること、かつて平六《へいろく》という男がいたこと、そして……。

どこまで探り当てたのか、今は仁吉がいったことを信用するしかなかった。

そういえば——。

（風呂《ふろ》での話もか。女同士の込み入った内緒話まで聞いていたとしたら、許しがたいな）

風呂の中はいつも薄暗く、湯気がこもっていた。お互いの顔もよく判別できなかったくらいなので、ほとんど見えてはいないだろうが……。自分はともかく、晴姫は十五のおぼこ娘だ。もし覗《のぞ》いていたのなら万死に値する。

まったく忍びには、ろくな奴がいない。

翌日から、京の街を歩いた。

さすが帝《みかど》と太閤のお膝元《ひざもと》だ。京は広く、整然とした町並みは活気に溢《あふ》れている。だが、関白切腹という政変のため、今はこれでも抑制され、ぴりぴりとした空気が漂っているという。

晴姫は休養を兼ねて、屋敷で留守番をしている。体力的にもだが、気持ちの面でもかなり疲れているのが見てとれた。だが、幸いにも関白の妻子の処分の話は聞いていないから、駒姫のことは心配ではありつつも安心しているようだ。しばらくはおとなしくしてくれるだろう。

謙吾には町人の身なりをさせ、広く噂話を聞いて回るよう言ってある。

千寿はといえば、伏見にある最上家の屋敷へ向かっていた。駒姫の様子を探るためだ。

伏見には太閤がいる。気をつけなければならないが、この役は最上の家臣に顔を知られている可能性のある謙吾では務まらない。

伏見には多くの大名屋敷があった。つまり、それだけ関白よりも太閤の力が強大ということだ。秀次は結局、名を与えられただけだったのだろう。秀次が死んだ今、秀吉《ひでよし》の後継者は嫡男拾丸《ひろいまる》ということになるが、果たしてそれでいいのか。幼子の拾丸が元服するまでには、まだ十年以上もかかる。太閤の寿命はそこまであるのか。

会ったこともない相手だ。秀吉の健康状態など千寿もわからない。足軽から成り上がったくらいの男だ、頑健な身体を持っているのかもしれない。

伏見城が目前に現れた。指月山《しづきやま》に築かれたこの城は、まだ完成に至っていないらしい。それでも充分雄壮なものだった。

(ここにあいつがいるのか)

千寿は複雑な思いで城を見上げた。

こんなにも近く――。

背中の鉄砲に重みを感じた。

今は余計なことは考えるな。晴姫を守ることだけを考えるのだ。そう自らに言い聞かせながら、再び歩く。道を訊ねながら、最上屋敷の前までやってきた。

太閤のいる伏見に屋敷を設けながら、聚楽第の関白に娘を嫁がせる。太閤とも関白ともうまく付き合わねばならない。名のある大名たちの、難しい立場を感じさせる。

普段どおりなのだろうが、屋敷は静まりかえっていた。最上義光《よしあき》は閉門蟄居《ちっきょ》となっているらしい。ここかあるいは伏見城にいるのか、いずれにせよ動けずにいるようだ。命を受けた家臣たちが東奔西走しているに違いない。

義光がこの有り様だ。駒姫もただでは済まないだろう。

(出家くらいで済めばいいが……)

これ以上のことは、どうすれば知ることができるのか。

情報を求めて、千寿は街を歩いた。大小を問わず寺社仏閣を回る。寺は老若男女が集まるので情報収集に適している。千寿が旅僧の姿をしていることで、安心して口が緩む僧もいるのだ。

　小さな寺の門をくぐり、小道に並ぶ地蔵に手を合わせていると、箒《ほうき》を持った老僧が声をかけてきた。

「旅の途中ですか。ご苦労様です」

　互いに手を合わせ、頭を下げる。

「はい、都で教えを受けたいと思いまして。しかし、なにやら恐ろしいことが起こっているようで……この世の安寧を願わずにはいられません」

　千寿が水を向けると、沈痛な面持ちで老僧は肯いた。

「まことに」

「拙僧は若輩の上に田舎者ゆえ、都のことには疎く……関白様がご乱行というのは、まことでしょうか」

　すると、老僧はあたりをうかがった。さらに声をひそめる。

「ここだけの話ですが……なにやら妙な噂を流した者がいるようなのです。関白様が酔って試し斬《き》りをしたのを見ただとか。馬鹿《ばか》な話です。京とはいえ関白様のお顔を知る者など、そうそう街にいる筈がございませぬ」

　もっともなことだった。

「では、謀反というのは」

「太閤様はご高齢。体調もあまり思わしくないと聞きます。関白様はお若い。待てばいいだけのことです。それを謀反など……」

ありえない、と老僧は首を振った。

事を荒立てずとも、老猿が死ぬのを待てばいい――なるほどそのとおりだ。

「関白様のご家族はどうなるのでしょう」

「おそらくは……斬首《ざんしゅ》かと」

そんな馬鹿なことがあるか――思わず怒鳴りそうになるのを、なんとか堪えた。

「女人までですか」

駒姫など上洛して間もないというのに？　関白と顔を合わせてもいないのではないか。

「側室の方々のご実家は、助命嘆願で奔走なさっておられるようです。徳川《とくがわ》様か前田《まえだ》様が頼りでしょう。どうなりますことか」

羽州の狐と呼ばれるほどの知将・最上義光も、もはやそれしか打つ手がないのだ。

このような話は晴姫には聞かせたくない。だが、処刑ともなればすぐに街中の噂となるだろう。隠し通せるとも思えない。

「閉門蟄居となっている大名も多いと聞きましたが」

「さよう。あの伊達様ですら……」

これは大変なことだ、と千寿は思った。これほどの危機とあっては幻刃も〈でうす〉にかまけている余裕はなかろう。

伊達も関白と関わりがあったのだろう。さらに最上義光は伊達政宗《まさむね》の伯父に当たる。決して仲がいいとはいえないが、親戚《しんせき》は親戚だ。そもそも、相手は豊臣の後継者だった男。関わりのない大名を捜すほうが難しい。もし関わりがなかったのだとしたら、そもそも最初から関白に相手にされていなかっただけだ。そんな状況で、付き合いがあっただけで連座など馬鹿げている。

千寿は老僧に礼を言って歩きだした。

陸奥で暮らしていた身としては、幻刃の動きに関係なく、伊達の今後の動向は気になる。政宗公に累が及ばないことを祈った。

伊達家は養父小三郎に仕官話を持ってきたが、無理強いはしなかった。怪しげな父娘《おやこ》が山中でひっそり暮らすことを黙認してくれたのだ。鉄砲と一緒に捕まってやるつもりもないが、今まで無事に過ごせてきたことには感謝している。

なにしろこの髪だ。山姥《やまんば》の子どもか、それとも天狗《てんぐ》かと、噂が人々の口の端にはのぼっていたようだ。それでも珍しがられるだけで、特に害を受けたことはなかった。

『天狗は山の神だ。くだらんことを言う奴は、おれが代わりに祟《たた》ってやるぞ』

里の子にからかわれたとき、一人そう言ってくれる少年がいた。かばってくれたのだろうが、そのときは『天狗ではない』と喧嘩《けんか》になった。思えばあれがきっかけか。

（幻刃……）

どこか気楽なあの男も、今は血眼で働いているだろう。主君の首がかかっている。

――京は、血にまみれる。

晴姫の待つ屋敷へと千寿は急いだ。……酷だが、語らなければなるまい。


処刑――そう聞いた途端、晴姫は倒れてしまった。

義光公が手を尽くしておられるから、助けられるかもしれない。今はただ、祈ろう。そう千寿に慰められても、晴姫はぼんやりと肯くだけだった。ここまで気を張ってきた、旅の疲れがどっと出てしまったようだ。

晴姫を寝かしつけ、千寿は謙吾と二人、小さな庭に出る。

さすがの謙吾も疲れきっているように見えた。仮に山賊にも出くわさず、何も知らないまま幾日か早く京に到着していたら、晴姫も処刑の名簿に名を連ねていたのだ。そう思ったら腰が抜けそうになった、それが正直な気持ちだったのかもしれない。

……わずかな違いが、二人の姫の明暗を分けたのだ。

「こうなった以上は、晴姫は死んだことにする以外ない。そうしなければ助けられない」

「……うむ」

謙吾は力なく肯いた。千寿は続ける。

「晴姫が動けるようになったら、京からは遠く離れたほうがいい。国許《くにもと》の城にも戻らず、しばらくは寺にでも身を潜めているのが無難かもしれんな」

晴姫の悲しみを思えば、不幸中の幸いなどとは口が裂けても言えないが、生きるための最善を尽くさなければならない。

謙吾は黙って肯いた。ふと気になって、千寿は青年の額に手を置いた。驚いて身をかわしたものの、謙吾の動きは鈍い。

「熱がある。すぐにやすめ」

何か言い返そうとしていた謙吾だが、その気力もなかったと見え、肩を落として引き上げていった。

聚楽第に向かった謙吾は、秀次の妻子らが美濃《みの》の城主、徳永寿昌《とくながながまさ》邸に移送されたことを調べ上げてきた。その後、丹波亀山《たんばかめやま》城で幽閉されていたが、再び徳永邸に戻されたらしいという。おそらく処刑の日取りが決まったのだろう。

(駒姫もそこにいるのか……?)

十五の娘がどのような気持ちでいるのかと思うと、胸がつぶれそうになる。

好きで嫁いだわけでもない。会ったこともないような男のために殺されかけているのだ。死ぬために出羽《でわ》からはるばるやってきたわけではないだろうに。

関白には、赤子もいるし駒姫より幼い側室もいる。実際に手にかけるのは刑士だとしても、殺すのは太閤だ。

（……何故《なぜ》だ）

十年前、焼け落ちた尼寺を見つめながら思ったことが、改めて強い痛みとなって千寿の胸を貫く。真っ暗な夜空を見上げた。

『敵と定めたら、その血を根絶やしにしない限り、枕《まくら》を高くして眠れないのが天下人だ』

小三郎の声が聞こえたような気がした。そのとおりだ。同じ豊臣でも殺し合う。

（わたしもそうだ）

七月が終わろうとしていた。京の夜はひたすら闇が濃かった。

3

大八車を押しながら、お紋《もん》は空を仰いだ。

汗が、一つしかない目に入る。

荷台に載っているのは野菜だ。だが、それは表面の覆いのようなもの。下には数百個の炮烙玉《ほうろくだま》がぎっしりと積まれている。

水分の多い野菜で隠すことにお紋は反対だったが、他に適当なものがなかったようだ。

これを京の大野木《おおのぎ》邸に納める。ただでさえ不穏な空気のこの街に、こんなものを大量に運び込むのだ。汗の半分は緊張からくるものだろう。

大名や海賊など、火薬の買い手はいくらでもいる。豊臣の世はまだまだ盤石ではないのだ。その割に兵士を海外にまで遠征させているのが不思議だが、太閤は足下を守るより外へ攻めるほうを選んだということかもしれない。

（大名にこっそりこんなものを買われていたら、次の戦は大一番になるだろうさ）

そんなことを考える。きつい陽射しに少し目眩《めまい》がした。

「暑……」

普段は荷運びは村の男衆だけでやるのだが、万が一にも疑われないために、今日は女のお紋も荷車を押すことになった。

「お紋、しっかり押さねえか」

前で荷車を引く男が怒鳴った。

「うっさいね、わかってるよ」

苛々《いらいら》と言い返す。

関白の件で警戒が厳しいときに、何故こんなものを運ばせるのか。いや、こんなときだからこそこれが必要なのか。……暑さで目が回り、よく考えられない。どうでもいいことだ。炮烙玉を作って、まどなに会えればそれでいい。

朝早く村を出て、昼過ぎにようやく大野木の屋敷へ荷を運ぶことができた。伏見と聚楽第の中間あたりにある大野木の別邸はあまり大きくはないが、話によると地下には倉庫や座敷牢《ざしきろう》など、いくつも部屋があるらしい。

見える部分は控えめに、見えない部分はえげつなく……実に大野木らしいことだ。

屋敷に着いた男が、今後について大野木と話し込んでいる。火薬の生産に関することだろう。それならば自分には当分関係がない。お紋は大野木の屋敷を抜け出して、近くの神社に入った。人目につかない裏手へと回り、木の陰に腰をおろした。

袖をめくりあげようとしたとき、炮烙玉が一個、転がり落ちた。

お紋の小袖には忍び並みにいろいろ隠せる細工がしてある。短刀だって隠してある。それで気づかないうちに仕掛けの布が裂けていたらしい。

遠出をするときはお守り代わりに、一個だけ持って歩く。火がなければどうせ使えないが、手元にあるだけで少し安心できた。この感覚がすでに普通ではないのだろう。

鉄砲は包んでも目立つ。さすがに持ち歩けないが、炮烙玉なら握り飯みたいなものだ。

(何もかも吹っ飛ばしてやりたい)

いつだってそう思っている。偉そうな太閤の城だって、もっともらしく装っている精霊洞の礼拝堂だって、少しもあたしを幸せにしてくれないじゃないか。汗だくで、捕まれば死刑なんて物騒なものを運ばされ、馬の小便や蓬《よもぎ》にまみれて。修道士や信者どもには、腹のたしにもならない神様を押しつけられる。

何もかも吹き飛んで、なくなってしまえばいいのだ。

そんなことを考えながら落ちた炮烙玉を拾おうとしたとき、女の手が伸びてきて、横から炮烙玉を摑《つか》んだ。

青くなって顔を上げると、目の前に一人の娘がいた。自分より二つ三つ下だろうか。おっとりした顔だちの、可愛《かわい》らしい町娘のようだった。拾った炮烙玉を見つめている。

「あなたのでしょうか」

これが何か、知っているのだ。緊張した娘の様子を見ればわかる。爆発物を手にしている者の顔だった。

（……殺すか？）

相手が誰であろうと、口は塞《ふさ》がなければならない。だが、ここは京の街だ。事を起こすには場所が悪い。どうしたものかと考えていると、続けて向こうから話しかけてきた。

「これ……わたしに売ってくれませんか」

お紋は啞然《あぜん》として娘を見上げた。これは市井の小娘がほしがるようなものではない。

「何言ってんだい、あんた」

「必要なんです。お願いします。今はこれだけしかありません。足りるでしょうか」

娘は懐《ふところ》から銭入れを引っ張りだし、中身を全部出した。銀だ。炮烙玉を知っているのに、相場までは見当もつかないらしい。店で売っているものではないが、それだけ手持ちの銀があれば、十個以上の取引ができるだろう。

「あたしは今、口封じにあんたを殺そうかどうか考えてるんだけどね」

脅してやったが、娘は負けじと微笑《ほほえ》んだ。

「どうしてですか。仮にわたしがそれを使って捕まったとしても、たとえどんな拷問をされても、あなたに行き着くわけがありません。わたしがあなたに関して知っていることは、ごく普通の娘さんということだけでしょ。名前すら知らないんです。わたしは神頼みに来て、ここで偶然あなたを見かけただけなんだもの」

お紋は感心した。そこいらの町娘のように見えたが、なかなかどうして考えている。何に使うつもりかは知らないが、相応の覚悟はできているようだ。

「……使い方は知っているのかい」

「教えてください」

やれやれとは思ったが、荒事に挑もうという女は嫌いではない。どんどん吹き飛ばせばいい。お紋は丁寧に炮烙玉の使い方を教えてやった。

「ありがとうございました」

娘は頭を深く下げると、小走りに立ち去った。

大野木のほうも、そろそろ話が終わっている頃だろう。お紋は立ち上がると、鳥居をくぐって屋敷へと戻った。

思いがけず懐が温まったことだし、まどなに何か菓子でも買っていこうか。そんなことを考えていると、大野木邸から連れの男が出てきて、お紋に薄っぺらいものを渡した。

「大野木様が、精霊洞の女神に渡してくれとよ。おまえの仕事だ、責任持てよ」

まどなへの文を託されたらしい。書状らしきものはきっちりと布でくるんであった。どんな内容か知らないが、いやとは言えない。お紋は大切な預かり物を懐に入れる。

「さっさと戻るぞ。明後日《あさって》には関白の家族が処刑されるらしい。警戒も厳しくなる」

明後日……町娘が炮烙玉を買うほど物騒になるのはそういうことか。

だが、お紋には関係のないことだ。どこかのご正室やらご側室やらが大量に殺されようと、自分にどんな関わりがある？　もともとそいつらは皆、いいとこの姫君だったのだ。

（お姫様など、みんな死ねばいい……）

お紋は馬の小便の臭《にお》いがしみついた村で育った。片眼も身よりもない。別世界の女たちに、どんな憐憫《れんびん》の情が持てるというのだ。

軽くなった荷車を押しながら、お紋は帰路についた。

朝っぱらから、精霊洞にはでうすを讃《たた》える歌が響いていた。

分厚い岩盤に共鳴して、歌声は美しく重なり合う。とうの昔にすべての信仰を失ってしまったようなまどなでも、切支丹《キリシタン》の歌声には耳を傾ける。二度と戻ることのない、追われた故郷を思い出すからかもしれなかった。

普段ならこの歌声に心慰められるまどなも、今は耳に入っていないようだ。大野木双悦《そうえつ》から預かった書状を渡されたばかりだったからだ。

『陸奥の赤髪の娘に関する、忍びからの報告です。是非ともまどな様にもお目通しいただきたい』

大野木の文字はそれだけ。本命は同封された巻紙のほうだった。陸奥まで赴き、調べ上げたという忍びからの報告書だった。

まどなはその書状を開かず、じっと見つめていた。

読むのが怖いのだ。お紋にはわかる。読めば娘の生死がはっきりする。死んだものと思って十年。ようやく心の傷を乗り越えたのだろうに、大野木は先日、娘が生きている可能性を示唆した。ならばこの書状には、その娘が本当に生きているかどうかがはっきり書かれているだろう。もし、噂の赤髪はやはり娘さんではありませんでした、となれば、まどなは再び悲しみを突きつけられるのだ。

お紋はそっと息を吐いた。まどなのためを思うなら、娘の無事を祈るべきだ。わかってはいるが、それができそうにない。

偽物の〈るちや〉が本物の〈るちや〉に勝てるわけがない。今こうして傍らに控えていても、まどなはお紋の存在をすっかり忘れている。

「まどな……」

お紋が声をかけると、白髪の女はこくりと肯いた。中を読む決心がついたらしい。細い指が丸められていた紙を広げる。

読み進めていくまどなの手が震える。あらゆる感情が込み上げ、混乱しているのが容易に見てとれた。

「……何が書かれていたのですか」

つい訊《き》いてしまう。

「なんということなの……」

まどなはようやく一言つぶやいて、書状をお紋に渡した。うまく話せないので、読めばいいということらしい。

まどなの側仕《そばづか》えになったときから、お紋も読み書きの手ほどきを受けた。貧しい火の村の出身だが、書状を読むには困らない程度の知識はある。

お紋は急いで書状に目を通し、その内容に驚愕《きょうがく》した。

津田小三郎という男に育てられた赤髪の娘。彼女が自分のもう一つの名を〈るちや〉だと語っていたということ。そしてもうじき京に入るということ。上洛の目的は、母の仇討ちであること……。

母親が娘は死んだと思っていたのと同じように、娘もまた母が死んだと思い込んでいたのだ。そして彼女は母の仇を討つために京へ向かっているという。もう着いただろうか。しかし、仇とは誰のことだ。まどなは戦に巻き込まれたのではなかったか。ならば戦を起こした者が仇なのか。それとも具体的に誰かがいるのか。

お紋にはわからなかった。まだ物心もつかない頃、自分の母親も戦の傷が原因《もと》で亡くなっているが、仇を討つという発想はまるでなかった。戦は地震や嵐《あらし》と同じようなものだ。そう思っていた。

どういう理由かはわからないが、まどなの娘はそういうふうには思わなかったということだ。まどなを想《おも》う気持ちが、それだけ強いということか……。

（……あたしよりも？）

お紋は動揺していた。会ったこともないその娘に強い対抗心を抱き、ひたすら疎ましく思っていたが、今や〈るちや〉の存在は、お紋の心を圧倒する勢いで大きくなっていた。

強くて、美しくて、燃えるような髪をして――会ったこともないその娘の姿形を、このときお紋はかなり正確に想像していた。

まどなが寝台から起きようとして、ふらついた。慌ててお紋が止めるが、それでもまだ紛れもなく一人の母親だった。

「行かないと」

お紋を押しのけてでも出ていこうとするまどなは、余波はとどまるところを知らない。

「京なんて無理です。まして、今あそこは不穏なことになってます」

関白切腹のあと、連座による処刑や切腹が相次ぎ、余波はとどまるところを知らない。

関白の妻子が明日には処刑されるらしいと、今朝方もカラスコと修道士が話しているのを聞いてしまった。その噂は間違いないだろう。異国からやってきた宣教師たちは、その国の政治情勢にはことのほか敏感だ。いち早く情報を手に入れ、今後を分析判断する。

宣教師たちも哀れなものだと、お紋は思う。布教と世界進出という名の傲慢《ごうまん》な征服に手を貸し、自らの良心と板挟みになる。カラスコのような真面目《まじめ》な宣教師なら尚更《なおさら》そうだろう。その上、何かがあれば真っ先に殺されかねない。

「でも、あの子が……」

「あたしが行きます。京で千寿を捜してみます」

このときお紋はあえて千寿という名前のほうを使った。意地でもるちやなどとは呼びたくない。捜すなどとんでもなかった。だが、こうでも言わなければ、まどなを止めることはできなかっただろう。

「ありがとう……でも、あなたはあの子の顔を知らない。大野木様より先に見つけないと、きっと利用されてしまう。今度こそ、あの子を守らなければ……わたしは」

子を想う気持ちだけで、まどなは動かない身体に鞭《むち》を打つ。

「赤い髪の、若い女を捜せばいいのでしょう」

あえて明るく、お紋は言った。

「京は広い。そりゃ簡単にはいかないでしょうけど、努力してみます。ですから、まどな様はどうかおやすみください」

まだ抵抗するまどなを押しとどめ、寝台に寝かせた。

暑すぎる夏はここにも押し寄せてきている。何かあっても迅速に対応できない洞窟《どうくつ》の小部屋にまどなを置いておくより、大野木邸に移らせたほうがいいのかもしれないと、お紋ですら思い始めている。

「行って参ります。きっと捜し出してみせますから」

お紋は精霊洞をあとにした。


煮えくりかえる暑さの中、お紋は再び摂津《せっつ》から京へと入った。

二日続けてここまで来ることになるとは思わなかった。陽も暮れてきたというのに、最後の最後までお天道様は地獄の業火のごとき陽射しを注いでくる。

捜すと啖呵《たんか》を切って精霊洞を出てきたが、どこをどう歩いて捜したものか、お紋は途方に暮れていた。そもそも、まどなの娘が目立つ赤髪をそのままにしているとは思えない。頭巾《ずきん》をかぶっているかもしれないし、鉄漿《かね》などで黒く染めているかもしれない。正直、見つけられるとは思えなかった。

それでも、まどなに尽くしたということは示しておきたかった。あたしだけがあなたの〈るちや〉だ——それをわかってもらうために。

偽物が本物になるには、本物を殺してしまえばいい——もし娘を見つけたら、その誘惑に勝てるだろうか。なにより、まどなはこちらの黒い感情などお見通しのような気がした。何も言わないのは、ぎりぎりのところで信じてくれているからだろうか。

明日、関白の女たちの処刑があるという。そうなれば、おそらくかなりの人が集まるだろう。処刑は市井の者たちにとってはいい見世物だ。どうせ対象は自分たちとは関係のない悪党か、権力の座から転がり落ちた者。そんな連中が殺されても、誰も気に病むことはない。そいつらだってこれまでは、庶民が巻き込まれて死のうと、踏まれた虫けらほどにも思わなかったのだろうから。

千寿が京に入っているなら、処刑を見物にくる可能性は高い。そこが狙い目だ。お紋は冷静に考えていた。処刑場は三条河原。あそこで秀次の首が妻子を待っているのだ。

お紋はそのまま歩いて、関白の妻妾たちが幽閉されているという大名屋敷の近くまで来た。奪還を警戒しているのか、屋敷の周りを兵が数人で囲んでいる。

お願いだからどうか会わせてくれ、と叫んだ男が、見張りの兵に引きずられて連れていかれた。そっとすすり泣く者もいる。あの中にいるのは、処刑前の女子どもだ。

気づけば、一人の雲水がじっと屋敷を見つめていた。片手に錫杖を持ち、袋に入った刀らしきものを背負っていた。祈るわけでもなく、射るような厳しい目で屋敷を睨《にら》みつけている。中に知人でもいるのだろうか。

お紋がその雲水に気をとられたのは、横顔の美しさのせいだった。汗と泥で汚れてはいるが、端整な顔だちは横顔を見ればわかる。

（まさか、女……？）

そんな気がした。女だとしたらかなりの長身だ。しかし、顎から喉《のど》にかけての線がすっきりしすぎている。喉仏《のどぼとけ》がないように見えた。

雲水は悔しそうに顔をゆがめ、きびすを返した。

迷わずお紋はその後を尾《つ》けた。村の秘密を知った侵入者を〈狩る〉ことはあっても、こっそり尾行するなどしたことがない。

身につけている小袖は地味でも、こちらは隻眼だ。特徴ある風貌《ふうぼう》は、それなりには目立つ。気づかれてしまったのだろう。雲水は人気《ひとけ》のない河原まで来ると、立ち止まってゆっくりと振り返った。

「くっついてくる奴の多いことよ」

ぼやくようにそう言った。

「娘。用件があるなら聞いてやる」

男とも女ともつかない、感情を抑えたような声だった。

根っから気丈なお紋のこと、そこで逃げるようなことはしない。ちょうどいいとばかりに、すたすたと雲水に向かって進んだ。

「用件というほどでもないけどね、男の僧のふりをする女が珍しかっただけさ、娘」

顎を上げ、ふん、と言い返してやった。的を射たらしく、雲水の表情が変わる。

「好奇心ならもう満足しただろう。殺されないうちに失《う》せろ」

性別など関係なかった。雲水の全身に殺気が漲《みなぎ》っていた。綺麗《きれい》な顔が般若《はんにゃ》のようだ。

さすがのお紋もたじろいだ。だが、すぐさま怯《ひる》んだ自分を恥じた。

「関白の妻妾に知り合いでもいたのかい、可哀想にねえ。……真っ白い指をして、綺麗な着物を着て、黄金の館でいろんな奴にかしずかれていたんだろうけど、あいつらは明日、首を斬られちまうんだよ」

処刑が明日だとは知らなかったのか、雲水の目が大きく見開かれた。

今だ——お紋は雲水に飛びかかった。偽坊主の皮をひっぺがしてやると思った。どうしてかわからないほど、お紋は雲水に敵意を抱いていた。がっと摑みかかると、相手の笠をはじき飛ばし、頭を覆う手ぬぐいに手をかけた。

「な……貴様っ」

次の瞬間、お紋も想像できなかったものが、目の前で舞った。

手ぬぐいの下から赤褐色の豊かな髪が現れたのだ。風を孕《はら》み夕陽を浴びて、赤い髪はこの世のものとは思えないほど美しく輝く。

（るちや……！）

そう思ったのを最後に、お紋の意識は途切れた。思いきり、拳《こぶし》で殴り飛ばされたのだ。

4

晴姫の待つ屋敷に帰り着いた頃には、あたりは暗くなっていた。

門をくぐり塀の内に入ると、千寿はその場にしゃがみこんだ。疲れたというより、精神的に応えていた。

女を殴ったのは初めてだった。

首を絞め上げて白状させればよかった。動揺もあって、急いで髪を隠して戻ってきた。

あの隻眼の娘は何者だろう。仁吉と同じ筋だろうか。しかしそれにしては、尾行のしかたといい、態度といい、忍びとは思えぬ部分が多すぎた。あれは素人だ。まるで気に入らない相手に因縁をつけてきた破落戸《ごろつき》のようだった。

案外裏などなく、本当に気に入らなくて因縁をつけてきた、それだけなのかもしれない。ただ、気になるのは——。

（あの娘……火薬の臭いがした）

鉄砲鍛冶に育てられ、銃と共に生きてきた千寿である。気づかない筈がなかった。娘の指が少し変色していたのは、火傷《やけど》のあとではないだろうか。小三郎もよくあんな感じの火傷をしていた。

（そんなことより……）

処刑が明日らしいことを晴姫に話すべきなのか、どうか。今はそれが問題だった。じっとしていられる娘ではない。話せば必ず処刑場に行くと言い出すだろう。もしその場で駒姫の名を叫ぶようなことがあれば、そこから正体が知られてしまうかもしれない。無事にやりすごしたとしても、処刑を目の当《ま》たりになどしたら、どれほど心に傷を残すことになるか。いずれにせよ、三条河原に晴姫を行かせるわけにはいかなかった。

千寿は平静を装い、屋敷に戻った。

「お疲れでしょう。今、足を洗うお水を持ってきます」

出迎えた晴姫が、そう言って一旦《いったん》奥へ戻った。本当はすぐにでも駒姫のことを訊きたかったに違いない。だが、まずは自分たちのために動いてくれている千寿を労《ねぎら》う——普段は無邪気な娘だが、そのあたりに本当の育ちのよさというものを感じた。

「千寿殿、これを」

謙吾が手ぬぐいを渡してくれる。まだやつれた顔をしていた。

昨日今日と、謙吾には晴姫を見守るよう頼んでおいた。この男も熱を出し、休養が必要だったからだ。しかし、疲れているようだからやすめ、などと言おうものなら男の矜持《きょうじ》にかけて平気だなんだと騒ぎたてるに違いないから、けっこう気を遣う。男とは、侍とは、かくも面倒なものなのだ。

「話はあとで」

千寿は若者の耳元で囁《ささや》く。晴姫には聞かせられないことをあとで伝えるという意味だ。承知、と謙吾が小さく肯いた。

夕餉《ゆうげ》をとりながら話をする。今日は特に情報はなかった、まだ目立った動きはないようだ——胸は痛むが、そんな嘘《うそ》の報告をする。

「そうなんですか。いっぱい食べて、今夜は千寿様もゆっくり眠ってくださいね」

晴姫は飯を山盛りにして千寿に渡した。京に来て二、三日はぐったりとしていたが、今は慣れないなりに屋敷の中のことをこなしていた。無理をしているのか、笑顔も見せる。

「このお漬け物、食べてみてくださいね。売りにきていた人のを真似《まね》して、わたしが漬けたんですから。お嫁入りは失敗してしまったけど、京のお料理だけは少し覚えて帰りたいんです」

謙吾が、こんなに美味《うま》いものは口にしたことがありません、と大袈裟《おおげさ》に褒める。それを聞いて女二人が笑う。そんな和やかな夕餉だった。

思えば、不自然なくらいに――。

後片づけは自分がやるから、お二人はやすんでいてくださいという晴姫の言葉に甘え、千寿と謙吾は部屋に戻るふりをして庭へと出た。

関白の妻子が明日、三条河原で処刑されることを話すと、謙吾は手で顔を覆った。

「……とても姫には言えぬ」

「駒姫がどうなっているかはわからない。だが、期待はしないほうがいいだろう。今頃は徳永とかいう大名の屋敷で、辞世の句をしたためているのではないか」

謙吾は沈黙した。ちらほらと蛍が寄ってくる。息苦しいほど蒸し暑い宵なのに、どこか寒々としていた。謙吾の沈黙に付き合いながら、千寿は考えていた。

処刑を止められるのは太閤だけだ。太閤は……誰の言うことなら聞くのだろうか。

「明日はおまえもここにいてくれぬか。おれと一緒に、姫をここから出さぬために見張っていてほしい。絶対に処刑のことが耳に入らぬよう……おれだけでは無理かもしれん」

千寿は肯く。おそらく明日には街中の噂になっているだろう。一歩でも外に出れば、晴姫は知ってしまうかもしれない。

「姫は……駒姫様に親愛の情だけでなく、恩義も感じているのだ。何年か前、お家の危機があった。熊谷が郡内の旗頭として台頭してきたことを、快く思わぬ近隣の領主たちが、団結して戦を仕掛けてきたことがあってな。周りを囲まれ、おれも子ども心にこれまでと覚悟したほどだ。そこを救ってくださったのが、最上様だった。義光公はそもそもこちらの争いに口を出す気はなかったようだが、駒姫様がご自分のお父上に口添えをしてくれたのだという。晴姫を助けてください、と……」

謙吾は長く息を吐いた。

「最上家が熊谷の後ろ盾になることを公言してくれたおかげで、敵も手を引くしかなく、事なきを得た。姫はいつか駒姫に恩を返したいと思っている。殺されるのを黙って見ていることなど、できるわけがない」

そういう繋がりが最上との間にあるのならば、ますます晴姫は死んだことにしたほうがいい。でないと、愛娘《まなむすめ》を失った者と失わなかった者とで、関係に罅《ひび》が入るかもしれない。それでなくとも熊谷のほうが立場は弱いのだから。

実際、最上義光が娘可愛さに熊谷氏を助けたとは考えにくい。義光公は、奥羽の覇者・伊達政宗と渡り合う男だ。そのときは助けたほうが自らの利益になると判断しただけのこと。それでも恩には変わりない。熊谷親子ならそう思うだろう。

（太閤は誰が頼めば、処刑を止めてくれるのか）

千寿の思考は再びそこへ行き着く。

徳川か、前田か、石田か。身内はどうだ。北政所《きたのまんどころ》か、淀《よど》殿か……。

それとも……それとも、実の子なら。血を分けた我が子なら、願いを聞いてくれるのだろうか。

千寿は、はっとして顔を上げた。

静かだった。静かすぎた。

「晴姫っ」

名を呼び、千寿は屋敷に入った。片づけをしている筈の流しに向かうが、いない。

「謙吾、厠《かわや》を見てこい」

命じて、自らは晴姫の部屋へと走る。だがそこにも誰もいなかった。ただ、畳まれた寝具の上に、短い文《ふみ》が置かれていた。

『千寿様、ご厚情決して忘れません。千寿様はわたしの憧《あこが》れでした。馬鹿な娘と笑ってやってください。

謙吾、晴姫は旅の途中、賊に襲われ死にました。もし、よく似た罪人の首が晒されたとしても、それは熊谷家とは無縁の者です。

今までよく仕えてくれました。どうか、父や兄のこと、お願いいたします――』

（なんてこと――）

全身から血の気が引いた。千寿は置き手紙を摑み、謙吾を呼んだ。

夕餉のあとにこっそり抜け出したとしても、まだ半刻たっていない。腰が抜けそうになっている謙吾を叱咤《しった》する。

「追いつける。行くぞ」

錫杖と鉄砲を手に、千寿は外へ飛び出した。

5

追いつかれはしない。

晴姫は走っていた。姫と呼ばれても、そこは山育ちだ。道が整備された京の街を走るなど楽なものだった。夜目も利くほうだ。

泣いてばかりいるつもりはない。祈るだけじゃ足りない。千寿や謙吾が思っているよりずっと、晴姫は強気だった。

千寿たちも言っていたではないか。どうせ自分は死んだのだ。熊谷成匡《なりまさ》の娘・晴姫はこの世にはいない。ならば、惜しむ命もすでにない。

本当は明日、駒姫と一緒に処刑されていた身だ。どう転がっても死ぬ運命だった。

駒姫を助けようと思った。小娘だからといって、なんでもかんでもいいようにはされない。助けられないかもしれないけれど、理不尽な運命に抗《あらが》ってみようと決めた。

名もない娘なら誰に迷惑をかけるものでもない。捕まったら舌を噛む。

おそらく千寿に会わなかったら、こんなことはしなかっただろう。でも千寿を見ていると、黙って泣くだけの無力な自分がいやになる。女だって、もっと意思を持って動いていいのではないかと思わされた。

月もない。走るうちに夜が濃くなる。

(わたしは地獄に向かっている)

だが、自分が死ねば、駒姫は助けられない。

千寿と謙吾の内緒話をこっそり聞き、駒姫が今どこにいるのかも知っている。熱を出した謙吾が横になっている間に外へ出て、京の人たちからいろいろ聞いていた。徳永という大名の屋敷がどこにあるのかも、しっかり調べた。

そしてこれ……風呂敷《ふろしき》包みの結び目を、晴姫はぎゅっと握りしめる。

晴姫は今、炮烙玉を背負っていた、火種も用意してきている。昨日、見ず知らずの若い女から買ったものだ。あの人は何故、こんなものを持っていたのか。……いいえ、それは考えてはいけない。あれは赤の他人。

千寿と謙吾も、そろそろ自分がいなくなったことに気づいただろうか。

悲しみに打ちのめされる無邪気なお姫様。そう思い込む相手を出し抜くのは容易《たやす》い。

(ずるい娘だと、軽蔑《けいべつ》しないでくださいね……千寿様)

暗い視界が滲《にじ》んで、晴姫は拳で目をこすった。

どのくらい走ったのか、目指す屋敷の前に来たようだった。

松明《たいまつ》を持った兵が屋敷の周りを何人かで囲んでいる。本気で妻妾たちが逃げ出す、または誰かが襲ってくるなどとは彼らも考えてはいないらしく、それほど厳重な警備とも思われなかった。

近くで爆発が起きれば、警備兵はそちらに向かうだろう。その隙《すき》をついて屋敷に入り、騒ぎの中、駒姫を連れて逃げる――晴姫が考えたのは実に簡単な筋書きだ。だが、屋敷内部の様子がわかるわけでもなく時間もない。これが限界だった。

距離をとって屋敷の裏手にある竹林に回り、晴姫は風呂敷包みをおろした。炮烙玉の他に、藁《わら》などで作った火種を携帯用の火入れに詰めて持ってきていた。消えていませんようにと祈る気持ちで中を確かめる。そしてそこに炎のかけらのような赤い点を見つけ、ほっと安堵《あんど》する。

これでもう自分に言い訳はできない。晴姫は炮烙玉を取りだすと、深く息を吸い、長く吐き出した。

（駒姫様……今、参ります）

火種に息を吹きかける。緊張に胸が高鳴ってきた。

ふと、足音に気づき、晴姫は青くなって顔を上げた。ものすごい勢いで人影が向かってくる。見つかったのだ。動揺のあまり火種を落とした。草に火がつく。

「せ……千寿様？」

火が人影を照らした。赤く見える髪を振り乱し、向かってきたのは千寿だった。

「火を消せ」

「は、はいっ」

我に返って、晴姫は草に燃え移った火を消した。枯れ草だったら燃え広がっていたかもしれない。この炎は屋敷の警備をしている者たちに見られただろうか。

千寿に腕を摑まれ、ぱんっと頰《ほお》を叩《たた》かれた。

「泣くな、説教はあとだ」

晴姫には暗くて影しかわからないが、千寿には泣きそうになっている小娘の顔が見えたのだろう。千寿は風呂敷に火入れや炮烙玉を戻し、背中の鉄砲もそこに置くと、まとめてくるんだ。それをどんと晴姫に手渡す。

謙吾が遅れてやってきた。息を切らし、その場に座り込む。

「はっは……は……、姫、よかった、ご無事で」

「たぶん、気づかれた。休んでいる暇はない、謙吾は姫を連れて逃げろ。いいか、この姫様が我《わ》が儘《まま》を言ったら、ぶん殴ってでも引きずって逃げろ」

千寿は早口でまくしたてた。それから、晴姫が抱えた風呂敷包みを指さす。

「晴姫、その鉄砲はおまえに預ける。――必ず守れよ」

ざわめきが聞こえた。

竹林で火が見えたぞ――その声に弾《はじ》かれたように、千寿は晴姫の背中を突き飛ばした。

「行け。こっちはわたしがなんとかする」

「さあ、姫っ」

戸惑う晴姫の手を摑み、謙吾が走りだした。引っ張られ、晴姫も駆ける。

(どうして……わたしは)

騒ぎが遠ざかる。

(……何をしてしまったのだろう)


深夜になっていた。

絶望のままに屋敷へ戻ってきた晴姫に、謙吾は柄杓《ひしゃく》の水を渡した。

「身体を清めて、着替えていただけますか。話はそれからのほうがいいかと思います」

確かに汗や泥で汚れていたが、謙吾は晴姫に考える時間を与えようとしているのだ。もしかしたら謙吾自身も、語りかけるべき言葉を考えたかったのかもしれない。

「私は部屋におります。落ち着いたら声をかけてください」

晴姫は黙って肯き、言われたとおりにした。謙吾は晴姫を信じている。これ以上、裏切ることなどできない。

庭に水を用意して、桶《おけ》で汚れを洗い流した。駒姫たちも今夜こうやって身を清め、死出の旅支度をしたのだろうか。そんな想像を巡らせたら、堪えていたものが流れ落ちていった。憑《つ》きものが落ちたような気がした。

着替えて髪をとかす。終わりました、と謙吾に声をかけた。二人が向かい合う。

「……ごめんなさい」

「いえ」

謙吾は首を振った。

「もし姫様が今宵《こよい》あの館にいたなら、私も同じことをしたのではないかと思います」

「謙吾……」

怒りっぽかった若い家臣は、大人の顔をしていた。

「けれども、姫様は私と逃げようとはなさらなかったでしょう。そうではありませんか」

「……はい」

逃げれば、熊谷の家が終わる……そういうことだ。

「逃げられるわけがない。関白の妻妾の方々は、家族や家を人質にとられている。たとえ幼くともそれを誰よりもご存じなのです」

どうして駒姫が自分と一緒に逃げてくれるなどと思ったのだろう。駒姫が最上家に仇なすことをするわけがないのに。

「わたしのために、千寿様が……」

今頃どうなっているのか。自分の身代わりになって捕まってしまったのだろうか。そう思うと、晴姫はおのれが許せなかった。

「千寿殿が鉄砲を預けていったのは、我々の前に戻ってくる勝算があったからではないかと思っております。今は信じて待つ。それだけです」

鉄砲がなくとも千寿は強い。そこいらの兵が何人かで襲いかかっていったところで、そう簡単にやられる筈がない。無事に逃げてくれることを今は祈るしかなかった。

「熊谷成匡の四女晴姫は、死んだことになるのかもしれません。しかし、名前が変わろうと私は姫に生きてほしい。お館様も奥方様も……みんなそうです。千寿殿もそう思ったから、姫を止めに走ったのです。どうか生きてください」

謙吾は拳を二つ床に置き、深く頭を下げた。

「わたしは明日、三条河原に参ります。駒姫や皆様の死に様をこの目に焼きつけます。生きる糧にします。それがわたしに課せられた使命でしょう……もう馬鹿なことはしません、取り乱しません。だから……行かせてください」

頭を下げたまま、謙吾は考え込んでいた。やがて、顔を上げる。

「……お供、いたします」

棒で打ち据えられ、縄目を受けて四半刻ほどたっていた。

本当ならもっと手荒く扱われていたところだが、兵たちは千寿の扱いに困っていた。

雲水の恰好に、長くて赤い髪、しかも女だ。異人だとすれば面倒なことになるかもしれない。それくらいは身分の低い足軽でも想像がつく。そこへ徳永の重臣らしき男が顔面蒼《そう》白《はく》になって駆けつけてきた。

「馬鹿者がっ、すぐに縄を解け！　離れのほうにご案内する。お茶を持ってこい」

千寿を見張っていた兵が驚きの声をあげた。これ以上ないほど怪しい風体のこの女を、〈ご案内〉して〈お茶を出す〉というのだ。

「あの、それは……」

「まだはっきりしないが、このお方は……いや、とにかく言われたとおりにしろ。無礼のないようにな。一番いい茶葉だぞ」

千寿は縄を解かれ、吐息を漏らした。どうやら罪人から貴人に格上げされたらしい。

「疲れた。甘い物もほしいのだが」

ためしに言ってみる。

「すぐにお持ちしろ」

一声で命じる。自分たちが捕らえた女が只者ではないことを知り、家来たちはすぐさま走りだした。

下手をすればここで不審者として殺されていたかもしれないのだ。千寿にすればただの紙切れだが、想像以上に威力のあるものらしい。巾着《きんちゃく》袋に入れて後生大事に持っていた甲斐《かい》があったというものだ。

「どうぞ、こちらへ……」

先ほどの重臣らしき男に、おどおどと案内される。

千寿は屋敷の中をしげしげと見回した。どこかに関白の妻妾が集められている筈だ。するとと赤ん坊らしき泣き声が聞こえてきた。関白の子だろうか……胸が痛む。千寿は着物の上から乳房を押さえた。

床の間以外何もない部屋へ通され、上座に促された。どう対応していいのかわからないのはこの重臣も同じらしく、そそくさと立ち去ろうとする。

「ここでお待ちください。それでは――」

「待て」

おとなしく次の対応を待っている暇はなかった。

「わたしは一刻も早く〈父上〉に会いたいのだ。報《しら》せてくれたのだろうな」

「はい。主人自ら、すでに向かいました。どうか、お待ちを……」

「急げよ。朝までになんとしても会いたい。叶《かな》えられなんだら、おまえたちを恨む」

ほとんど脅迫だなと千寿は思った。重臣が息を呑む。

「ところで、この屋敷には関白殿の妻妾が預けられているそうだな」

さようで……重臣は緊張して肯く。気の重い任務を与えられ、苦労しているであろうこの屋敷の家臣たちには気の毒だと思うが、同情はしない。哀れなのは捕らえられた女たちのほうなのだ。

「最上様の娘御と会いたい。どこにいる」

重臣は限界まで目を見開いた。関白の妻妾たちは家族と一目会うことさえ禁じられている。これは太閤命令なのだ。それを未《いま》だ素性が確定しているとは言い切れない、得体の知れない女となど会わせられるわけがない。

「それは……ご勘弁を」

「会わせてくれないというのであれば、わたしも〈父上〉に涙ながらの報告をせねばならんな。徳永家の家臣らに棒で打たれ、縄をかけられました、と。ああ、痛い痛い」

感情のこもらない声で恐ろしいことを言われ、重臣は平伏《ひれふ》した。

「そ、それだけはご容赦くだされ。今、お連れします。最上様の姫君ですな」

重臣は急いで飛び出していった。

ふん、権力とは癖になるかもしれんな――千寿は妙に納得した。

茶と菓子が先に運ばれてきた。一口茶をすすり、息を吐《つ》く。

晴姫たちは無事に戻っただろうか。連座の動きを探るのに精一杯で、あの姫があそこまで思い詰めていたことに気がつかなかった。炮烙玉などをどこで手に入れたのやら。

（たいした行動力だ）

無謀ではあるが、その点は感心した。

おそらく謙吾がしっかりと言い聞かせてくれただろう。とんでもないことをしでかそうとしたわけだが、千寿は晴姫のそういうところが素晴らしいと思う。

少しして、先ほどの重臣に連れられ、若い女が現れた。

「最上様ご息女、お伊万《いま》様でございます」

お伊万というのが、聚楽第に入ってからついた名のようだ。実際はその名で呼ばれることはほとんどなかったのだろうが……。

「駒姫か」

「あなた様は……？」

見ず知らずの女に呼ばれた理由がわからない……品のいい人形のような顔にそんな困惑が浮かんでいた。艶《つや》やかな黒い髪をした綺麗な姫だ。

「まあ、そこに座ってくれ」

千寿は駒姫を促すと、その場で監視しようとしている重臣にこう言った。

「女同士の話だ、遠慮しろ。盗み聞きなどしたら、徳永殿の屋敷で手込めにされかかったと〈父上〉に――」

「ひいっ、もうおやめくださいっ。引きます引きます！」

まんまと邪魔者を追い出すと、千寿は駒姫に笑いかけた。

「呼び立ててすまない。こちらから伺ってもよかったのだが、あの男がいやがってな」

「いえ……」

見張りがいなくなったことで、駒姫は少し緊張をほどいたように見えた。

「美味そうな菓子だぞ。味見していかないか」

花の形をした白い砂糖菓子だった。

「……いただいていってもよろしいでしょうか。関白様のお子様たちに差し上げたいのです。幼心にも恐ろしく思っているのでしょう。ずっと泣いておられるので……せめて」

いい娘だ、この期《ご》に及んで他人の子を思いやる……晴姫がなんとしても死なせたくないと思うのも理解できた。

「全部、持っていくといい」

ありがとうございます、と駒姫は頭を下げた。

「晴姫から聞いていたとおり、べっぴんだな」

駒姫が瞠目《どうもく》した。生気のなかった顔に朱が差す。

「晴姫は生きておられるのですか、道中賊に襲われたらしいと聞いておりました」

千寿が肯くと、駒姫は胸に手を置き、ほうと息を吐いた。

「よかった……わたくしの輿入れに付き合わせてしまったせいで、と嘆いておりました。

本当に……無事でよかった」

心から安堵したのだろう、駒姫は涙ぐんでいた。

「無事も何も、あの元気娘は今宵そなたを助けるために、ここへ忍び込もうとしたのだ」

「まあ！」

「それをすんでのところで止めて、わたしがここにいるわけだが……」

駒姫はそこでやっと、目の前にいる赤い髪の女の名前も訊いていなかったことに気づいたようだ。

「あの……晴姫とはどのような……お名をお訊ねしてもよろしいでしょうか」

「名は千寿という。晴姫には世話になった。だから、せめて代わりに会っておこうかと思った。……関白と会ったことはあるのか」

するとお駒姫は、困ったようにそっと目を伏せた。

「いえ、残念ながら……お目にかかることも叶いませんでした」

「それでは側室とはいえないだろうに。だが、どのみちおぬしは、ここから逃げるわけにはいかないのだろう?」

はい、と駒姫は肯く。

「おそらく父も連座を問われているでしょう。わたくしが馬鹿な真似をすれば、最上は終わります。今のわたくしにできるのは、太閤様のお望みのままに死ぬことだけです」

膝の上の手がきゅっと握られていた。罪のない十五の娘がここまで悟り、背負わされた宿命を受け入れようとしている。痛ましさに、千寿は唇を引き結んだ。

「でも、わたくしは嬉しく思います。晴姫が助けようとしてくれたなんて。誰もが諦めているのに、晴姫だけは諦めないでくれたのですね。無力な十五の小娘……晴姫はそうは思わなかったのです。幼い頃から変わっていません。その気持ちだけで、どんなにか……」

駒姫は頰に伝った涙を拭うと、少し笑った。

「晴姫に伝えてください。幸せになって、長生きして、出羽の女の強さを見せてやってください、と」

駒姫はそれだけを千寿に託し、部屋へ戻っていった。

面と向かって話すと、どうにも情が移る。考え込みながら千寿は横になった。

駒姫たちは明日、三条河原に運ばれ、処刑される。

待たされると、こうして名乗りをあげた意味がなくなってしまう。夜が明けてもまだ動きがなければ、直接太閤のもとに乗り込むだけだ。

乗り込んだら、今までとは逆の覚悟を決めなければならない。

京に入ってまだ何日もたっていないのに、なりゆきとはいえ、まさかこんなことになるとは——もう陸奥には戻れない。この手には還《かえ》ってこない。

胸の内、千寿はこの世で最も愛おしい名を呼んだ。


眠れぬ夜をじりじりと過ごした。

障子戸の向こうが白々としてくる。夜が明けた。同時に屋敷が騒がしくなってくる。

処刑される女子どもを乗せるための牛車《ぎっしゃ》が用意されたようだ。

死に装束の白衣に着替えるよう指示されているのか。赤子の泣き声が聞こえてきた。母親が我が子に死に装束を着せているのかと思うと、千寿は全身の血が沸騰しそうになる。

「もういい、わたしが直接〈父上〉のもとへ行く！」

処刑の開始は昼頃と聞いた。朝のうちに動かねばならない。もはや時間の猶予はなかった。制止する徳永家の重臣に馬を貸せと詰め寄った。馬にはあまり乗ったことがないが、自分の足で走っても間に合わないだろうから、仕方がない。

「お、お待ちください、あと少し。このとおり、今日は忙《せわ》しいことになっていまして」

「だから急いでいるのだ。一番速い馬を貸せ。貸さないと、徳永殿が『あの老いぼれ猿め、とっととくたばれ』と言っていたと〈父上〉に伝えてやる」

もはや恐喝も完全に創作の域に入っていたが、手段を選んでいられなかった。混乱する家臣らをしりめに、千寿は勝手に厩舎《きゅうしゃ》に入り、よさげな馬を適当に選んだ。

ここの連中にとって、千寿はどう対応していいかわからない諸刃《もろは》の剣《つるぎ》だっただろう。千寿の素性が確かなら、自分たちを通して親子の対面を果たしてもらえれば、こんなに覚えのめでたいことはない。反面、もし偽物だったら彼らの首が飛びかねない。だから慎重になりたいのはわかる――が、こちらの知ったことではない。

千寿は制止の声を振り切り、馬を走らせた。あとから数人が慌てて馬で追ってくる。

京の街は、朝から少しざわめいているように見えた。おそらく、妻妾たちの処刑が行われるという話が広まったのだろう。

三条河原は京の処刑地だ。関白の妻子の処刑を市井の者たちにまで公開するというのだ。罪人の処刑見物には慣れている京の者たちにとっても、今回はあまり気の進まない見世物らしく、街の空気はどこか重い。